LES SEPT CABANES

DU MÊME AUTEUR

VOYAGE EN TERRE DURABLE. UN TOUR DU MONDE DES ALTERNATIVES ÉQUITABLES ET ÉCOLOGIQUES, Glénat, 2007.

VOYAGES AUX SOURCES DE LA MODE ÉTHIQUE, Ulmer, 2009.

AUX SOURCES DE L'ALIMENTATION DURABLE. NOURRIR LA PLANÈTE SANS LA DÉTRUIRE, Glénat, 2010.

MANGER LOCAL. S'APPROVISIONNER ET PRODUIRE ENSEMBLE (avec Cécile Cros), Actes Sud, 2011.

VANDANA SHIVA. VICTOIRES D'UNE INDIENNE CONTRE LE PILLAGE DE LA BIODIVERSITÉ, Terre vivante, 2011.

(R)ÉVOLUTIONS. POUR UNE POLITIQUE EN ACTES, Actes Sud, 2012.

VANDANA SHIVA. POUR UNE DÉSOBÉISSANCE CRÉATRICE, Actes Sud, 2014 ; Babel n° 1762.

LE POUVOIR D'AGIR ENSEMBLE, ICI ET MAINTENANT (avec Rob Hopkins), Actes Sud, 2015.

TRAQUE VERTE. LES DERNIÈRES HEURES D'UN JOURNALISTE EN INDE, Actes Sud, coll. "Récits d'investigation", 2017.

LE CERCLE VERTUEUX (entretiens avec Nicolas Hulot et Vandana Shiva), Actes Sud, 2018.

L'ART DE LA FAUSSE GÉNÉROSITÉ, LA FONDATION BILL ET MELINDA GATES, Actes Sud, coll. "Récits d'investigation", 2019 ; Babel n° 1833.

Collection créée par Cyril Dion en 2011.

ISBN 978-2-330-18295-3

LIONEL ASTRUC

Les Sept Cabanes

récit activiste

A Karine
Vivre sans argent
Lutter sans répit
Et rester [illegible].

ACTES SUD
DOMAINE DU POSSIBLE HORS-SÉRIE

COL DE LA FUVELLE, FÉVRIER 2013

“C’est mort !” soupire Waldo pour lui-même, l’œil rivé sur les véhicules de la gendarmerie garés au bord de la route, en contrebas de la forêt. À travers la trouée formée par le sentier, il regarde les hommes approcher. Le vent du nord bute inlassablement contre le col de la Fuvelle, roulant d’épais lambeaux de nuages qui se détachent un à un pour le traverser, voilant par intermittence les silhouettes bleues des gendarmes qui s’avancent en louvoyant entre les flaques, têtes baissées. Waldo perçoit déjà l’assurance de l’adjudant qui ouvre la marche, cette suffisance propre au représentant de l’autorité : ce pas calme, ce visage sans cerne, impeccablement rasé, le blouson, zippé jusqu’à la base du cou, dont le bleu criard se détache sur le fond marronnasse des feuilles mortes. Le flic, quant à lui, ne distingue pas encore le jeune homme. Son subconscient détecte néanmoins vaguement la présence d’une forme vivante, animale, aux contours flous. Mais l’attention du gendarme est attirée, plus loin, par trois autres individus. Il ralentit le pas et plisse les yeux pour être sûr de ce qu’il voit : les trois portent des tenues parfaitement monochromes. Une jeune femme arbore des vêtements dans les tons violet indigo, une autre est vêtue de blanc de la tête aux pieds et un homme est en bleu ciel. “Putain, sur quel genre de tarés je suis encore tombé !” pense l’adjudant Berthelon, trébuchant sur une motte d’herbe.

Il fait froid et le brouillard est dense, puis une bourrasque chasse ce voile humide d’où surgit une forme, surprenant le gendarme qui frissonne en apercevant plus distinctement le quatrième acolyte : Waldo, qui attend, aussi immobile qu’un arbre, le regard fixe, emmitouflé dans plusieurs couches de vêtements composant un dégradé de beige, où se mêlent un manteau de laine qui lui arrive sur le genou et un sarouel dont les replis pendent sur des bottes fourrées en peau retournée. Sa barbe noir de jais tire ses traits fatigués et se mélange aux points mousse d’une écharpe large et très longue. On devine que les cheveux du jeune homme ont formé une crête fournie sur le haut de son crâne, dont les tempes ont manifestement été rasées. Mais depuis, le froid revenu, ses cheveux repoussent en bataille autour de ce regard noir si particulier, à l’affût, rempli d’une expression complexe où défile peut-être chaque étape de sa cavale depuis le retour des États-Unis : la marche à travers la campagne française pendant trois mois, depuis le sud de la France jusqu’à Paris, les nuits passées dehors, puis la traque dans Paris, la course dans le métro, dans la rue, la forêt. Et, enfin, ce vol stationnaire d’un hélico de l’armée, au-dessus de leurs cabanes, au col de la Fuvelle, si proche qu’un nuage de poussière s’élevait dans l’affolement des branches d’arbres, comme si tous les services de l’État étaient en alerte.

Waldo croise furtivement le regard vide et fébrile de l’adjudant. “On y est”, songe-t-il comme s’il avait déjà vécu cet instant.

ARRAS, OCTOBRE 2002

“Je ne suis pas là pour vous apprendre à écouter se plaindre des cas sociaux en vous tournant les pouces derrière un bureau, commença M. Rafenso en balayant l’amphi du regard. Vous n’avez pas besoin de suivre un IUT animation sociale pour leur fourguer un emploi McDo, une formation bidon ou un rendez-vous chez le psy ! On est d’accord ?” En dix minutes, cette question purement rhétorique était déjà revenue une quinzaine de fois. Personne ne broncha. “On sent que le mec aime parler et séduire, pensa Amandine. Mais bon, il a du charisme”, concéda-t-elle intérieurement en ramenant ses pieds sous ses fesses. M. Rafenso avait déjà deux décennies d’enseignement au compteur et tenait à le faire savoir. Cette journée de rentrée mettait fin à une sorte de jeûne – trois mois sans public – qui décupla sa faim de transmettre, convaincre et plaire. Il gardait néanmoins ce teint blafard qui, au sortir d’un été caniculaire, signalait une aversion pour le plein air en général et le sport en particulier. Sa silhouette trapue, habillée d’un sweat noir d’où dépassait une gourmette, semblait écrasée sous une tignasse poivre et sel à la propreté douteuse qui encadrait des lunettes à fine monture métallique. Ses yeux bleu vif vous transperçaient, faisant oublier un nez épaté et une peau grasse. “Pas question de vous préparer à devenir ces espèces de pacificateurs sociaux qu’on croise dans les quartiers et qui aident l’État à maintenir l’ordre comme des CRS sans uniforme, rabâcha-t-il. On est d’accord ?”

De fait, les étudiants comprirent en quelques jours que ce professeur et la plupart de ses collègues – une clique de cinq enseignants – ne voyaient pas l’IUT comme un simple établissement de formation mais comme un lieu où l’on aiguisait l’esprit critique. Ils voulaient former des activistes, les rendre autonomes, subversifs et efficaces, aptes à remettre en question le cadre, à renverser le système s’il le fallait. Voilà ce qu’était pour eux une vraie formation à l’éducation populaire : apprendre à leurs étudiants comment amener les individus à s’émanciper. “Vous devez savoir aider les gens à s’instruire, s’informer et à construire leur propre opinion et leur conscience politique, expliqua encore M. Rafenso en promenant sur l’amphi son regard bleu. Vous devez conduire les citoyens à s’autodéterminer… À agir ! Et, pourquoi pas, à désobéir quand c’est nécessaire pour devenir un contre-pouvoir”, scanda-t-il.

Amandine et Waldo se rencontrèrent dès les tout premiers jours de cette formation en animation sociale et socioculturelle à Arras, où ils habitaient le même bâtiment : la résidence universitaire des Tilleuls. Amandine avait dix-huit ans et venait de Lorraine. Waldo avait vingt ans et arrivait de la région toulousaine où, après s’être fait virer de sa chambre étudiante par le directeur (ancien militaire et gros connard) il venait de passer quatre mois dans un squat : les usines Renault véhicules industriels de Toulouse, abandonnées depuis plusieurs années. Waldo avait installé son camion le long d'un quai de chargement protégé de la pluie par un long auvent. DJ, musiciens, graffeurs, danseurs, fumeurs de joints : la friche industrielle était peuplée d'artistes et de teufeurs dans une ambiance hétéroclite mêlant jungle techno, danse folklorique, qi gong, bière et ecstasy, spiritualité et bols tibétains. Mais ces usines immenses laissaient à chacun la place de vivre comme bon lui semblait, avec pour point commun une profonde défiance à l'égard de la société et des institutions. Les squatteurs avaient défoncé le vieux goudron du parking à coups de masse pour planter des arbres et créer un potager. Dans un ancien vestiaire, des douches fonctionnaient, ainsi que quelques prises électriques probablement alimentées par l'opération du Saint-Esprit ou les pouvoirs de l'une des divinités en vogue dans le "coin des perchés" où vivaient d'improbables mystiques imprégnés d'accords toltèques, de sutras bouddhistes et d'une herbe de première qualité. Bref, c'était le pied, et Waldo comptait bien rentrer d'Arras régulièrement pour retrouver ses potes et voisins en ces lieux. Son corps charpenté, sa stature et ses vêtements toujours amples occupaient l'espace – une présence imposante dont il semblait se défendre en jetant sur son entourage des regards d'animal traqué. Un mélange d'énergie contenue et de colère rentrée captait l'attention. Torturé et sujet à une timidité maladive, il savait pourtant entraîner son auditoire dans de longs raisonnements et décochait à l'occasion un sourire fugace et ravageur.

Amandine s'asseyait souvent en retrait, mais sa discrétion n'était en rien synonyme de désintérêt ou de neutralité, comme en témoignaient ses interventions, à mots comptés et détachés, qui suscitaient autour d'elle un silence particulier. Elle ne mâchait pas ses mots, chacun le savait, mais dans son giron flottait cependant une forme de générosité maternelle qui, imperceptiblement, rassérénait ses proches. La patience d'Amandine – qui souvent passait son tour de parole, y compris lorsqu'elle était en désaccord – cachait une vigilance particulière à même de détecter dans la conversation la moindre tension, le moindre rapport de force, même à bas bruit ou au second degré. L'ombre d'une amitié toxique semblait planer sur son passé et la doter d'une acuité subtile mise en alerte par toute forme de rabaissement ou de discrimination voilée. Quelque temps après une dispute ou une parole blessante, pour l'un ou l'autre, elle y revenait inéluctablement, avec fermeté, sur le ton neutre du constat. En sa présence, chacun serait en sécurité, toujours. Cette aura de calme attira Waldo dès les premiers jours de la formation. Leur relation se noua dans une évidence sereine, donnant l'impression qu'elle existait de longue date. De leur couple émana bientôt un sentiment qui ne relevait ni de la passion ni de l'expérience éphémère, ressemblant à de la complicité plutôt qu'à de l'amour.

Derrière la façade morne en briques rouges de l'IUT B carrières sociales d'Arras, la vie de quelques-uns de ces étudiants prit un virage décisif : au-delà du cursus officiel, le message de M. Rafenso et de ses collègues était en synchronicité parfaite avec le bouillonnement intérieur d'Amandine, de Waldo et des vingt-huit étudiants de la classe qui plongèrent dans ces deux années d'enseignement initiatique. Ce petit groupe arrivait des quatre coins du pays ; trop loin de chez eux pour rentrer en fin de semaine, ils passaient tout leur temps ensemble, soirs et week-ends compris, roulant des clopes sur les escaliers de l'IUT, buvant des bières entassés sous les néons de leurs chambres étudiantes ou dansant dans les bourrasques de Berck plage. Habités de projets épiques et décidés à changer le monde, la plupart allaient finalement rejoindre les jobs rassurants d'animateurs sociaux, éducateurs spécialisés ou directeurs de centre sociaux, une fois l'IUT terminé. Amandine et Waldo s'y refuseraient et resteraient, jusque bien des années plus tard, fidèles à l'enseignement reçu. Pas question de servir de somnifère pour endormir les classes populaires !

Le couple termina donc son cursus à l'IUT, galvanisé et désormais obsédé par un projet qui, pendant les années à venir, allait engloutir tout leur temps et transformer leurs vies. Waldo était né dans une famille d'agriculteurs à Aurillac, où il avait été marqué par la culture du spectacle de rue, et Amandine pratiquait les arts du cirque. Les deux partageaient une conviction : pour transmettre leur message anticapitaliste, antifrontières et pacifiste à un large public, hors du cercle des convaincus, il fallait aller au-delà des mots. Le bla-bla de la classe dominante – ces discours bobos sur le développement durable et la pseudo-écologie – ne servait qu'à embobiner la population pour mieux accaparer les ressources et saccager la planète. Face à cette armée de petits soldats en chemise blanche qui parlaient haut, ces deux-là voulaient incarner plutôt que dire et utiliser des stimuli plutôt que de faire des phrases, pour toucher le cœur du public. Ils voulaient s'immiscer là où même les démonstrations les plus convaincantes ne parvenaient pas.

"L'humanité se paye d'analyses scientifiques décrivant au millimètre près les drames écologiques et humains, expliqua un soir Waldo à ses potes de l'IUT. Mais personne n'en tient compte. Ceux qui nous gouvernent ne sont que des capitalistes psychopathes incapables de s'en émouvoir suffisamment pour réagir ! On dit que notre conscience nous donne une supériorité sur les animaux, mais à quoi ça sert, en fait ? lança-t-il, le doigt sur le front, à un auditoire conquis. À quoi ça sert, tous ces chiffres et ces grands mots ? Certains peuples premiers, sans la moindre formation aux sciences occidentales, dites dures, refusent de couper tel ou tel arbre, par fidélité à une tradition, à un message et, finalement, à leur compréhension instinctive, profonde, de la biodiversité, affirma Waldo, plutôt satisfait de sa verve. Chaque jour, en rentrant de la cueillette ou du ramassage du bois, ils présentent leurs excuses pour ces petits prélèvements", ajouta-t-il.

Amandine et Waldo en étaient convaincus : avoir conscience d'être la nature, de dépendre d'elle au même titre que le plus petit insecte revenait aussi à reconnaître sa dépendance à l'égard de la communauté humaine. "Voilà de quoi dégonfler la baudruche de l'individualisme dont la société est malade ! reprit Waldo, les yeux rivés sur la clope qu'il était en train de rouler, assis sur le lino avec ses voisins de cité U tandis qu'Amandine parodiait, comme souvent, son emphase avec de grands gestes, convertissant la gravité ambiante en éclat de rire général.

Habités par cette intime révolte, les deux activistes voulaient transcender les origines des spectateurs, leur passé, leurs a priori ou leur langue et pour cela passer par une mise en scène poétique pourtant en décalage avec leur expérience des arts du spectacle. Vaguement musiciens, chanteurs et acrobates, les deux étudiants n'avaient néanmoins ni expérience solide ni vrai talent pour aucune de ces disciplines. "Et alors, c'est quoi le problème ?" questionna Amandine quand le sujet vint sur la table. Le couple misait tout sur la détermination hors normes qui les habitait. "Pas besoin d'être danseur étoile, théâtreux à fleur de peau ou musicien virtuose pour incarner et transmettre ce qu'on ressent ! déclara-t-elle. De la sincérité et de l'engagement, voilà ce qu'il faut !" Confiants et pressés d'agir, ils décidèrent de construire un spectacle avec seulement deux outils : la couleur et le mime.

LE RAINBOW

"C'est quand même bien dégueu !" geignit Ludo, assis à l'une des trois tables accolées sur la terrasse du Pacha Kebab. Néanmoins, il continua à enfourner ses frites à une cadence soutenue, non sans les avoir enduites de mayonnaise, d'un seul geste, imperturbable : barquette, mayo, bouche, barquette, mayo, bouche et ainsi de suite. Les regards de ses sept camarades d'IUT, attablés coude à coude, se levèrent vers lui. Comme souvent, ce fut Noor qui le reprit de volée. "Faut surtout que t'arrêtes avec ça", ricana-t-elle en pointant du doigt, avec une moue dégoûtée, un monticule de lamelles d'agneau grillées qui débordait d'une fin de kebab froid gisant dans son papier imbibé de gras sur le plateau du jeune homme.

Les disputes à rebondissement du couple qu'ils formaient depuis un an et demi restaient l'une des attractions préférées de la bande en cette fin d'année. Noor lui tombait dessus de manière tellement systématique et prévisible que tous souriaient dès les signes avant-coureurs des hostilités. "Non mais j'hallucine, tu me traques, en fait ? Putain, j'ai l'impression qu'à chaque fois que j'mange, tu fais apparaître un animal sans défense dans mon assiette.

— J'essaye juste de t'éviter d'être réincarné en agneau industriel, pouffa Noor.

— Bad karma, tu vas finir embroché à tourner lentement au-dessus des flammes, ajouta Amandine. Sélim va t'découper en tranches, mima-t-elle en lorgnant le patron. Ton nouveau destin se limitera à un choix binaire : harissa ou sauce blanche !"

Waldo riait sans même avoir écouté la conversation, le regard dans le vague, comme s'il attendait qu'une révélation apparaisse dans le thé à la menthe ou la corne de gazelle qui lui servaient de repas. "Tu te souviens de l'histoire du *Rainbow Warrior* ?" demanda-t-il tout à trac à David qui s'apprêtait à en rajouter une couche sur la réincarnation de Ludo. Coupé dans son élan, il prit sur lui et répondit, le visage encore illuminé par ce sourire qui annonçait une nouvelle rafale de vannes : "Euh, bah, j'ai un vague souvenir.

— C'est le nom du navire de Greenpeace, tu sais, celui qui a été coulé en 1985.

— Euh, ouais, OK. Et alors ?

— Bon, le bateau a été coulé par les agents des services secrets français, alors qu'il mouillait à Auckland sur la route de Moruroa où les militants allaient protester contre les essais nucléaires. Sur sa coque, on voyait son nom en grandes lettres : le *Rainbow Warrior*. En français, ça veut dire le Guerrier de l'arc-en-ciel.

— Le mec est carrément sur une autre planète, le coupa Noor, abandonnant à regret son raid sur Ludo.

— Le Guerrier de l'arc-en-ciel, ça vient d'une prophétie amérindienne, reprit Waldo, ignorant la jeune femme. Ce mythe raconte qu'une fois la terre polluée, les forêts détruites, les oiseaux morts, les eaux saturées de produits chimiques, les poissons empoisonnés, les âmes des sages défunts vont revenir pour créer un nouveau monde de justice, de paix et de liberté. On les appelle les Guerriers de l'arc-en-ciel. L'histoire dit qu'ils vont enseigner la sagesse et l'harmonie entre les races et les croyances pour guérir la Terre. Depuis les années 1970, cette légende inspire tout un courant d'écolos qui voient leur lutte comme la réalisation de cette prophétie.

— Oula ! s'exclama Noor, comme si l'information l'écrasait. Ici Waldo qui vous parle depuis Mars et vous annonce l'atterrissage imminent des hommes verts.

— Arrête, l'histoire est géniale ! protesta Amandine.

— C'est génial !" répéta Waldo sur un ton définitif, confirmant que la légende faisait naître simultanément dans leurs imaginations à tous les deux une vision qui échappait encore aux autres.

Dans les jours qui suivirent, ils lurent quelques textes sur ce mythe et furent envoûtés par cette histoire. Ce conte épique était à la hauteur des ambitions mystiques des deux étudiants. Il collait parfaitement à leur exaltation autant qu'à leurs convictions et à leur idée de spectacle au point qu'ils firent de cette légende le mantra qui s'appliquerait désormais à chacun de leurs projets et déterminerait tous leurs choix.

À cette époque, Michael Niman, docteur en civilisation américaine, ethnographe et professeur de journalisme à l'université de New York, avait déjà publié son enquête *People of the Rainbow: A Nomadic*

Utopia depuis quelques années. Ses recherches montraient que les premiers membres du mouvement hippie, dans un élan de fascination béate, s'étaient inspirés d'une version falsifiée de la prophétie : un texte issu d'un tract évangéliste intitulé "Les Guerriers de l'arc-en-ciel" publié en 1962 par des religieux qui – ironie du sort – méprisaient en réalité ces communautés et prévoyaient de les convertir. Loin de l'histoire originelle, ce détournement piétinait le véritable mythe des Guerriers de l'arc-en-ciel, un héritage fondateur dans la spiritualité autochtone d'Amérique du Nord.

Devenu l'un des emblèmes de la contre-culture, le mouvement Arc-en-ciel s'était étendu dans le monde entier au fil des décennies. Une fois par an, un grand rassemblement avait lieu quelque part dans le monde où la Rainbow Family venait vivre un moment de paix, d'amour, de liberté, manifester son aversion pour le capitalisme et le consumérisme. Lors d'une édition qui se déroula en Espagne, un journaliste et son photographe s'étaient immiscés, curieux de découvrir ce que cachaient ces rassemblements. Le reportage fit forte impression : le journaliste témoigna d'une sorte de "civilisation perdue" n'aimant "ni les médias, ni les multinationales, ni l'épilation, ni les sous-vêtements". Le point d'accès au lieu de la fête – et aux orgies que pistaient le reporter et son photographe – était tenu par un comité d'accueil intégralement nu et chargé de serrer chaque arrivant longuement dans ses bras. Venus de toute l'Europe, les participants formaient un aréopage insolite : l'un avait troqué son nom pour celui d'une danse hindoue, l'autre était habillé en nain de jardin, d'autres encore participaient à un atelier de cri primal, marchaient sur les mains et faisaient des cabrioles, dansaient et chantaient un hymne à la Pachamama ou interprétaient les symboles sacrés gravés sur une pierre pour dialoguer avec les divinités. Le tout alors que la garde civile infligeait des dizaines d'amendes pour camping sauvage et feux illégaux. La participation aux festivités impliquait néanmoins quelques règles : l'événement était sans viande, sans alcool ni drogue, et sans technologie.

Amandine et Waldo n'avaient de toute façon pas de temps à perdre avec les pratiques et les origines profondes de ce mythe. Certains Autochtones ne propageaient-ils pas eux-mêmes cette légende ? Ils estimaient que sans mythes, la société s'effondrait. Les légendes permettaient de s'identifier à l'humanité entière et non plus à son seul nombril ou à une communauté précise. Il n'en fallut pas davantage à Amandine et Waldo pour s'engouffrer dans cette histoire qui les fascinait.

ODYSSÉE EN NOIR ET BLANC

Exaltés, Amandine et Waldo étaient sûrs de découvrir des signes du destin partout où ils passaient. Leurs esprits flottaient dans une vision du monde plus ou moins mystique, une relation particulière à l'espace et au temps. Le premier était peuplé par les esprits de la Terre en sursis, en proie à toutes sortes d'agressions, tandis que le second filait au gré d'un compte à rebours, étalonné sur le point de bascule du dérèglement climatique. Une fois que l'IUT serait terminé, le couple voyait son avenir d'artivistes comme une course pour empêcher le pire. Aussi prirent-ils une décision tant impérieuse qu'improbable : ils adoptèrent le nom de Guerriers de l'arc-en-ciel sans imaginer à quel point l'accent martial de ce titre était prémonitoire.

Pour concrétiser cet engagement, le duo se lança dans la création d'un spectacle se limitant d'abord à deux couleurs : le noir et le blanc. Les autres couleurs arriveraient plus tard. Un personnage noir arrivait sur scène et tentait de peindre en noir sur une feuille noire. Échec. À son tour, un personnage blanc essayait le blanc sur blanc. Même déconvenue. Une fois dépassée la peur de leurs différences, le blanc se servait du noir pour apparaître, et inversement. Émotion.

L'acmé du spectacle – sommet de mièvrerie – était atteint lorsqu'apparaissait une colombe noire et blanche… Un concentré de naïveté, certes, mais la magie opéra. Dès les premières représentations auprès d'étudiants de l'IUT, le spectacle retint l'attention et fascina. Peut-être cette pantomime minimale et lente, bien exécutée, était-elle émouvante ? Sans doute offrait-elle un moment de silence suspendu, de sincérité fluide et de mouvements figés, puis doucement décomposés, à la manière du taïchi ? N'était-ce pas une parenthèse subtile et élégante dans un monde tonitruant secoué d'empressements inutiles ? Le couple comprit toute la subtilité émanant de l'émotion suscitée par cette expérience d'art naïf, absolument inclusive, leur jeu était universel.

Les autres étudiants embarqués dans le projet s'éclipsèrent néanmoins un à un. Effrayés par l'engagement radical des deux artistes, ils préférèrent rejoindre la sécurité d'un poste et d'un contrat. Qu'à cela ne tienne, Amandine et Waldo, après avoir remué ciel et terre pour obtenir quelques subventions, remplacèrent l'épave de Waldo par un vieux fourgon d'occasion dont ils bricolèrent l'arrière. Ils baptisèrent le camion – un Iveco Daily déjà à bout de souffle – de l'anagramme l'Yliade. L'arrière du camion fut équipé d'une gazinière, d'un lit, d'un bidon d'eau, d'un placard et d'un évier. L'Yliade traversa bientôt la périphérie grisâtre d'Arras pour un tour d'Europe où rien n'était prévu, à l'exception de quelques dates en France. Les deux saltimbanques débarquaient, hirsutes, dans les rues des villages et des villes de province. Ils faisaient d'abord le tour des écoles et collectivités pour se présenter, un chien auprès d'eux, recueilli le long du chemin ; ils montraient quelques photos de leur spectacle, des lettres de recommandation froissées. Ils racontaient ce qu'ils pouvaient, pour obtenir l'autorisation de jouer au pied levé.

Une spirale vertueuse s'amorça laborieusement, bientôt leur réputation les précéda, d'une date à l'autre. Ils virent parfois affluer un public de centaines de personnes qui s'installait devant la scène. La tournée adopta sa vitesse de croisière et les représentations s'enchaînèrent pendant près d'un an, entrecoupées de voyages en camion à travers l'Europe.

PAS GRAVE

Un soir du mois de mai 2004, après le spectacle et quelques bières partagées avec les habitants d'un village au sud du Portugal, Amandine et Waldo garèrent l'Yliade au hasard d'un chemin de terre, à l'entrée d'un champ, sous une chênaie, pour dormir à l'abri des regards. Le lendemain matin, réveillée par une rumeur étrange et des mouvements autour du camion, Amandine s'enroula dans une couverture et passa la tête dehors, éblouie par le soleil naissant. Sous ses yeux, une mer de brebis et, au loin, le berger qui lui fit un salut de la main. Trois patous démarrèrent aussitôt et foncèrent vers le camion, mais, d'un cri bref, le berger les arrêta. Moments de grâce qui se produisaient suffisamment souvent pour confirmer leur choix du nomadisme et d'une forme de précarité.

Mais voyager au long cours dans un camion hors d'âge à travers la France, l'Espagne, l'Italie et le Portugal était une épreuve, quelle que soit la saison. L'hiver, chaque matin, il fallait gratter la condensation qui s'était transformée en une fine couche de glace sur le pare-brise, se laver au seau, pieds nus, sur le béton glacial d'un parking. L'été venu, aux abords d'une ferme ou dans une zone industrielle, on résistait à l'assaut nocturne des moustiques pour, une heure plus tard, s'engueuler autour de la carte routière dépliée, dans l'habitacle incandescent du camion devenu une étuve. Ces épreuves exacerbaient le moindre différend et finirent par mettre à mal leur amour, qui se termina lorsqu'ils rentrèrent en France. Amandine mit le cap sur sa Lorraine natale où elle compléterait son cursus universitaire. Sans rancune, ils restèrent amis.

Waldo rejoignit la friche de Renault véhicules industriels, à Toulouse, histoire de revoir ses amis squatteurs. Le soir, alors que les retrouvailles battaient leur plein, il s'empara d'une marionnette et improvisa une chanson avec une voix de canard empruntée à Disney. Lorsqu'un fou rire communicatif s'empara de l'assemblée, Ségolène, qui habitait depuis peu un autre coin de la friche, se dit que ce drôle de zèbre l'attirait. Artiste de rue elle aussi, elle venait de fêter ses vingt-deux ans et avait pour philosophie une exigence de légèreté : vivre avec peu, ne s'encombrer de rien – encore moins d'argent – et toujours avoir un spectacle dans la poche. Marionnettiste, elle était capable de faire tenir ses décors dans une trousse de toilette ! Pourtant, au bout de quelques minutes, son public avait les yeux rivés sur ces personnages épurés. Leur rencontre eut lieu à la faveur d'une conversation sur le pouvoir des couleurs, de quelques bouteilles vidées les yeux dans les yeux et du récit de la tournée en Europe.

Waldo reçut alors une lettre. Le spectacle noir et blanc avait remporté le concours des initiatives jeunes européennes. La récompense était un vol transatlantique et un voyage d'une semaine en Oklahoma, tous frais payés, accueillis chez l'habitant pour jouer leur spectacle dans les écoles américaines. Amandine et Waldo étaient convoqués : le jury les attendait pour leur décerner le prix. Waldo marcha sur l'immense quai d'usine où son camion semblait amarré, afin de s'éclaircir les idées avant d'appeler celle qui l'avait quitté.

Déjà immergée dans sa nouvelle vie, elle fut heureuse de cette reconnaissance, bien sûr, mais comme on l'est d'une histoire ancienne. En créant le spectacle, ils avaient décidé que celui-ci n'appartiendrait à personne et que chacun pourrait se l'approprier. Amandine le lui rappela, ajoutant qu'elle n'était liée en rien aux retombées de cette récompense et qu'elle était de toute façon accaparée par la reprise de ses études. Elle incita Waldo à en profiter. Dotée d'un instinct sans faille et connaissant Waldo par cœur, elle sentit au ton de sa voix qu'il avait rencontré quelqu'un. Pour faire bonne mesure, il confirma l'intuition d'Amandine sans se faire prier, baissant le ton comme s'il attendait une remontrance. “Bah, pars avec elle !” suggéra Amandine avec une spontanéité et un tel détachement que Waldo ne sut plus s'il devait se réjouir ou prendre ombrage de cette réaction.

Il alla seul au rendez-vous proposé à Aurillac, dans la salle de classe d'une école de commerce, non sans avoir ressassé la perspective de ce déplacement transatlantique, sa pertinence, son impact et son utilité réelle. “On ne veut pas de ce voyage d'enfants gâtés”, déclara-t-il de but en blanc. Direct mais sans animosité, Waldo ignora les sourires forcés des membres du jury décontenancés et incrédules. Il se foutait pas mal de casser l'ambiance. Le responsable de l'antenne locale de Jeunesse et sport – lunettes bon marché à monture rouge, calvitie, jean trop court et chemisette couverte de motifs indéfinissables – se redressa, s'éclaircit la voix et s'apprêtait à parler quand Waldo reprit : "Faudrait que le billet retour soit repoussé de quatre mois minimum", en chassant une mèche de ses yeux. Une fois la gêne passée, le responsable de Jeunesse et sport se montra agacé face à cette espèce de funambule hirsute et péremptoire qui crachait dans la soupe. "Vous comprendrez qu'on ne peut pas financer quatre mois de frais sur place, ni imposer aux familles de vous prendre en charge tout ce temps, répondit le fonctionnaire.

— Pas grave, lâcha Waldo", lapidaire. Après une respiration profonde, le responsable décida pourtant de prendre sur lui. "Admettons qu'on repousse le retour et que vous soyez autonomes sur place, vous allez vivre avec quoi ?

— Ça, on se débrouille, éluda Waldo. Bah, ça fait onze mois qu'on est sur les routes… Alors bon, chier dans les bois, on sait faire, précisa-t-il en esquissant enfin un demi-sourire.

— Admettons. Et vous allez faire quoi ?

— Continuer la tournée, par exemple, suggéra Waldo, faussement ingénu. Et puis, j'en sais rien, moi, peut-être rencontrer les tribus indiennes ?

— Rencontrer les Indiens ?

— Bah, ouais !

— Donnez-nous un moment", demanda alors le représentant local avant de faire le point avec ses collègues. Waldo ignora superbement le roulement des conversations chuchotées, rythmé par l'exaspération étouffée de certains. "OK, pourquoi pas, transigea finalement l'interlocuteur, retenant un soupir.

On est d'accord pour repousser le billet retour. Mais c'est tout", asséna-t-il, comme pour reprendre la main sur le cours des choses. Waldo esquissa un deuxième demi-sourire en serrant les mains aux membres du jury.

ORAGE DE CRISTAL

“C’est un truc de dingue !” s’exclama Waldo dans l’appartement nimbé d’obscurité, en apercevant quelque chose par la fenêtre. Les yeux exorbités par la sidération, il n’ajouta rien qui permette à Ségolène de comprendre ce qu’il venait de voir.

À cette période, Waldo lisait jusqu’à tard le soir. Il dévorait pour la deuxième fois un livre dont l’histoire s’était emparée de chaque ramification de son esprit, un récit qui allait tracer leur trajectoire à travers les États-Unis : *Le Mystère des crânes de cristal.* Les auteurs de cet essai documentaire britannique, Chris Morton et Ceri Louise Thomas, étaient deux journalistes de la BBC. Ils avaient enquêté sur un crâne sculpté dans le cristal de roche découvert sous les vestiges d’un temple maya dans les années 1920, puis – selon toute vraisemblance – dissimulé par les archéologues de l’époque. La relique mena finalement les journalistes à un mystérieux réseau de crânes éparpillés et parfois exposés dans les plus grands musées du monde, mais que ni les scientifiques ni les meilleurs laboratoires ne parvinrent à dater.

Quelques instants avant de sursauter en regardant la rue, ses yeux couraient de gauche à droite sur les pages du livre. Il relisait son passage préféré :

le témoignage de Leon Sècatero, guide spirituel navajo, qui avait été l'un des propagateurs ardents du mythe des Guerriers de l'arc-en-ciel. Ses témoignages décrivaient les crânes de cristal comme la clé de voûte de cette prophétie. Waldo avait la sensation d'avoir mentalement réuni les pièces de cette légende autour de laquelle s'articulait la course du monde. Il interrompit sa lecture et se mit à contempler longuement la photographie du chef autochtone, quand soudain le réseau électrique sauta. Waldo leva la tête et vit, par-delà la fenêtre, surgir un crâne de cristal. "Un truc de dingue !" Un signe sans équivoque pour le jeune homme qui décida aussitôt de donner à ce périple américain un but ultime : rencontrer ce guide spirituel navajo, recueillir son témoignage et lui demander comment marcher dans les pas des Guerriers de l'arc-en-ciel.

Trois semaines plus tôt, Ségolène et Waldo avaient fait la connaissance de Sophia. Une rencontre qui avait scellé une nouvelle complicité dans leur couple, mais semé les prémices de leur séparation l'année suivante. À la suite d'un voyage en Inde, Sophia s'était proclamée "prêtresse des couleurs". Elle leur vouait une véritable vénération, organisant toute sa vie autour du dégradé de l'arc-en-ciel : vêtements, rangements, alimentation, etc. "Je suis chromothérapeute, affirma-t-elle.

— Ah ouais ? souffla Ségolène, d'emblée conquise, par cette discipline qu'elle ignorait.

— Les couleurs peuvent aider à la guérison de nombreuses maladies, leur révéla-t-elle. S'entourer de certaines couleurs agit autant sur notre psychisme que sur notre organisme. À chaque couleur correspondent des propriétés curatives bien précises.

Une couleur chaude suscite la sécrétion d'hormones spécifiques, différentes de celles produites par une couleur froide. Ça peut même se pratiquer comme de l'acupuncture. D'ailleurs, des cliniques spécialisées proposent des soins qui consistent à poser des rayons lumineux sur la douleur, les organes de certains patients ou leurs méridiens", ajouta Sophia qui regardait Ségolène mais voulait, en fait, avec quelques détails, convaincre Waldo, qui semblait sceptique. Elle passa notamment en revue l'ensemble des points qui codifiaient l'une de ses pratiques préférées, "l'alimentation arc-en-ciel", fondée sur les couleurs à privilégier dans son assiette selon les différentes heures du jour et leur correspondance nutritive.

LA PROPHÉTIE

“J’ai l’impression qu’ils pannent rien ! souffla Ségolène alors que le couple était en train de se démaquiller devant son reflet dans des miroirs trop bas pour eux, assis sur des chaises d’enfant. C’est du mime, ils devraient comprendre, culpabilisait la jeune femme. On n’est pas en train de leur parler français, chinois ou espingouin, non ?” Ayant atterri quarante-huit heures plus tôt, en ce début du mois de septembre 2006, à l’aéroport d’Oklahoma City, vêtus de noir et de blanc, ils avaient été directement projetés dans un autre monde. Logés dans les maisons de familles d’accueil pleines d’égards pour eux, ils se sentaient en décalage avec cet univers aseptisé, lisse, et ces enfants trop sages. Leurs hôtes dégageaient une sorte de perfection horripilante. “À mon avis, c’est plus compliqué que ça. Faut pas comparer la réaction du public qu’on rencontre au pied des barres d’immeubles dans les cités, dans les MJC des villages, et celui qu’on a ici.

— Putain, je sais pas ce qu’il faut faire ici pour les dérider, ça fait peine à voir ! soupira Ségolène.

— Ils n’arrêtent pas de poser des questions et de nous encourager, ils sont hypercontents ! ramait

Waldo, tentant d'insuffler un peu d'optimisme. C'est juste qu'ils ne l'expriment pas de la même manière.

— T'as peut-être raison, mais ça fait bizarre."

En réalité, Waldo avait lui aussi cette impression d'évoluer dans un scaphandre, une sorte de bulle lourde et assourdissante qui éloignait toute chaleur humaine. Était-ce le décalage horaire ? Ou bien le fossé culturel qu'ils pensaient pourtant franchir facilement avec ce spectacle muet ? Le couple se fit une raison et enchaîna les représentations en pilotage automatique, rendant maladroitement les marques de bienveillance que leur manifestaient leurs hôtes affables et empressés. Présents physiquement, Ségolène et Waldo avaient l'esprit ailleurs. Obnubilés par l'histoire de Leon Secatero et des crânes de cristal, ils se projetaient dans la seconde étape de leur voyage. Le temps des représentations terminé, ils se retrouvèrent assis côte à côte dans le bus, pour de longues heures à ferrailler vers l'ouest, à travers le désert, d'une gare routière à l'autre, en direction du Nouveau-Mexique et du pays navajo. En correspondance vers une nouvelle tranche de vie, ils se sentirent enfin en résonance dans cette zone de transit, entre demi-sommeil et contemplation. Leurs regards suivaient le défilement du paysage, remplis d'inconnu, d'espoirs et de craintes.

De toutes les Premières Nations des États-Unis, les Navajos étaient les seuls à s'être réapproprié leurs terres ancestrales sur lesquelles vivaient aujourd'hui 170 000 d'entre eux. Ils avaient été autrefois un peuple nomade farouchement indépendant. Les Navajos avaient d'abord été décimés par les nouvelles maladies rapportées d'Europe. Plus largement, à l'échelle du peuple autochtone d'Amérique du Nord et d'Amérique Centrale, on estimait que dix millions d'individus avaient succombé à la variole et au choléra. Les survivants avaient été parqués dans des réserves de plus en plus petites avec à peine de quoi se nourrir. Au cours des décennies et des siècles qui avaient suivi cette tragédie, ils avaient été traqués et massacrés par les colons espagnols, puis pendant la Longue Marche des Navajos (1864 à 1866), mais s'étaient battus inlassablement contre cet effacement programmé de leur peuple. Désormais, ils habitaient une région semi-autonome dotée de son président, de son système judiciaire et de son propre parlement où s'exerçait le pouvoir législatif, une microsociété autogérée et discrète en marge de la frénésie américaine. Les Navajos possédaient leur police locale chargée des petites infractions de droit commun. Les crimes relevaient, eux, de la justice fédérale.

Au milieu de ses rêveries mêlées de questionnements, Ségolène se demanda un instant si une telle société humaine pourrait exister en France. Non pas sur une base ethnique, bien sûr, mais militante : une sorte d'immense communauté autogérée, une zone en lutte qui n'aurait jamais rendu les armes et serait désormais indépendante, avec ses propres institutions. Putain, ça aurait de la gueule ! Cette pensée sortit la jeune femme de sa torpeur. Elle regarda sa montre : il restait encore quatre heures de route avant d'arriver à Albuquerque.

Leon Secatero était un pilier de la Nation navajo, un ancien respecté et le chef d'une petite tribu appelée les Navajos Cañoncitos. Quand les Espagnols étaient arrivés dans la région, ils avaient donné à cette communauté le nom de Peuple du crâne, ce qui faisait référence aux contours de leur territoire d'alors. Une vieille carte gardait la mémoire du tracé qui délimitait les terres occupées par les Navajos Cañoncitos avant que les Espagnols n'arrivent dans la région au XVIIe siècle. Le profil d'un crâne y apparaissait, se détachant sur l'étendue du désert, avec un réalisme et une précision saisissants. À l'emplacement de l'oreille se trouvait la "montagne du Cristal sacré". Désormais, le peuple de Leon Secatero disposait d'un territoire se limitant à l'emplacement de la bouche ; c'était là que se trouvait la réserve de Cañoncito.

Waldo ne se lassait pas du témoignage des enquêteurs de la BBC, fasciné à chaque lecture comme si c'était la première : les hommes-médecine de la région utilisaient le cristal pour accroître leurs facultés de perception, regarder à l'intérieur même d'un individu et réaliser leur diagnostic à la manière d'un rayon x pénétrant le corps et l'âme du patient. Aussi Waldo ressentait-il physiquement la frustration des enquêteurs lorsque Leon Secatero, d'abord mutique face à ces étrangers bien intrusifs, leur expliquait ensuite que la tradition n'autorisait pas le chef à s'exprimer publiquement à propos des crânes. Contrairement aux autres crânes que Chris Morton et Ceri Louise Thomas avaient pu voir à travers le monde, celui-ci restait invisible. Quelques pages après cet épisode, Waldo relâchait cette tension par une longue expiration alors que le narrateur révélait que cette pièce de cristal contenait un message écologique, une légende annonçant que les treize crânes de cristal – encore éparpillés dans de nombreux pays – une fois réunis en cercle, auraient le pouvoir d'empêcher non seulement l'effondrement des écosystèmes, mais aussi celui de notre civilisation. L'homme blanc cesserait enfin de détruire la biosphère. Une prophétie qui devait intervenir de toute urgence, se disait-il.

QUE LES CONTINENTS RESTENT À LEUR PLACE

À la gare routière d'Albuquerque, en descendant du bus, Ségolène et Waldo eurent un choc, immédiatement saisis par la chaleur accumulée dans le béton des immeubles en cette journée de septembre. La gorge sèche, courbaturés par les cahots de la route, ils se dirigèrent vers le premier coin d'ombre. Il était déjà 16 heures et la fin de la journée semblait glisser vers l'inconnu. Errant sur les trottoirs d'Albuquerque, ils s'adressaient aux passants décontenancés par ce couple en noir et blanc et tentèrent finalement leur chance dans une boutique. Sur le point de fermer le rideau et sachant la tombée du jour imminente, la propriétaire se laissa attendrir et les conduisit en voiture à quelques minutes de l'entrée de la réserve.

Alors que le véhicule faisait demi-tour dans la poussière, le désert étendit son horizon flouté bourdonnant d'une chaleur bientôt remplacée par le froid nocturne. Ici comme dans le reste de la Nation navajo, les trois quarts des routes n'étaient pas goudronnées et rien ou presque ne permettait de savoir où l'on se trouvait, pas plus les panneaux plantés çà et là dans l'immensité que les improbables points GPS. Néanmoins, dans l'esprit des Navajos, ce paysage était piqueté de lieux-dits, parcouru de chemins nommés et identifiés, innombrables repères topographiques, rochers remarquables, lits de rivières asséchées, cavités rocheuses sacrées, falaises, parterres de touffes d'herbes aux lapins desséchées ou précieuses gouttes d'une source vénérable. Empêcher l'administration américaine de répertorier ces lieux et de dresser une carte conventionnelle de la région faisait partie des combats que menaient les Navajos pour garder leur indépendance.

"Les crânes sont comme une carte de notre potentiel humain", dit Leon Secatero, qui avait accepté de consacrer quarante-huit heures aux deux Français, tel un prêtre qui introduit une cérémonie. "Ils fixent nos limites, ils définissent ce que nous sommes et ce qu'il peut advenir de nous. Ils renferment le paradigme de nos facultés. Tant que les crânes resteront où ils sont, l'humanité continuera à vivre sur cette terre. Ils sont là pour guider notre espèce sur la bonne voie, aider les montagnes, les fleuves et les cours d'eau à demeurer intacts, veiller à ce que les continents demeurent à leur place. Si les crânes de cristal sont malmenés, nous sommes perdus."

Voyant les deux Français partagés entre fascination et incompréhension, Leon Secatero adopta un discours plus simple : "L'humanité détruit la nature depuis des décennies, déplora-t-il. Les anciens nous avertissent depuis des années. Nous devons abandonner notre avidité et résister ! Seulement, nous ne pouvons agir efficacement que si les hommes sont unis, sans hostilité ni méfiance." Le chef de la réserve laissa alors passer un long silence. "L'être humain se voit comme un être distinct de ses congénères, il s'imagine qu'il peut avancer seul. L'humanité ne comprend pas que l'esprit de séparation conduit à toutes les formes d'oppression. Entre individus, entre classes, entre religions. Pourtant, nous ne formons qu'un seul peuple. L'esprit de séparation mène l'être humain à considérer la nature comme une chose dont il ne fait pas partie. Il a perdu le contact avec la terre, oublié qu'elle est vivante, qu'elle nous donne la vie."

Une fois ces dernières paroles prononcées, Waldo et Ségolène – venus chercher un enseignement concret – éprouvèrent un sentiment contradictoire, tant ils étaient grisés par la puissance de ce discours et en proie à la frustration. Comment appliquer ce principe de "non-séparation" ? "Qui que l'on soit, une partie de nous-même échappe à la domination de notre ego, leur répondit alors Leon Secatero. Parfois, l'ego fait un pas en arrière pour laisser davantage de place à notre nature aimante. Or cette part de nous-même peut nous sauver de nos conflits triviaux et nous donner la force de renoncer à accaparer les ressources naturelles pour notre confort. Il est temps de trouver en nous cette impulsion, cette générosité de l'esprit et une profonde affection pour les autres. Rentrez chez vous et entraînez votre communauté dans la lutte contre l'avidité du capitalisme, à l'image des Guerriers de l'arc-en-ciel, consacrez-vous à ce combat !" Une fois sa dernière phrase achevée, le chef se laissa aller en arrière dans son fauteuil, lâchant un profond soupir. Abandonnant sa voix de prêcheur, il arbora un large sourire et avoua aux deux Français combien il était touché par leur visite. Waldo et Ségolène repartirent exaltés, mais inconscients de ce vers quoi cette mission, confiée par le chef navajo, allait les précipiter.

Alors même que le couple écoutait Leon Secatero, en Europe, les recherches scientifiques à propos des crânes de cristal allaient démontrer que certaines de ces pièces, protégées dans quelques-uns des plus grands musées du monde, n'étaient en rien des antiquités mayas. En réalité, les crânes, sculptés à la fin du XIXe siècle dans un village de la vallée du Rhin, avaient été mis sur le marché comme des reliques par Eugène Boban – antiquaire français véreux – bien qu'aucune découverte de crâne en territoire maya n'ait jamais été documentée. Ségolène et Waldo ne découvriraient jamais cette histoire.

SOUS LA SURFACE

Lovée contre Waldo, Ségolène fut cueillie en s'éveillant par une vague de plaisir telle qu'elle n'osait rien bouger que ses yeux qui, par la fenêtre ouverte de la caravane, scrutaient le désert bleu des premières heures du jour, puis venaient se poser sur le visage endormi de Waldo avant de se tourner à nouveau vers le désert. La possibilité de faire l'amour ici et maintenant – en ces lieux habités par les forces cosmiques, en cet instant béni où leurs pas avaient été conduits vers celui qu'ils recherchaient, vers ce message sacré et unique entre mille – traversait son corps, propageant en elle de lentes et longues vagues de ravissement. Soudain, un vent thermique surgit de l'air immobile, signalant l'approche du lever du soleil, et caressa son épaule nue, contrastant avec la tiédeur de leurs corps mélangés. Elle se remémora, comme s'il s'agissait d'une vie antérieure, la frustration qu'elle ressentait parfois en France, dans son quotidien, blessée par le regard d'incompréhension que lui jetaient ses amis ou sa famille lorsqu'elle leur confiait sa soif de spiritualité. Elle comprit ce qui lui arrivait dans cette caravane de la réserve de Cañoncito : une libération. Ce voyage la sauvait. Elle réalisa à quel point ses spectacles l'avaient aidée, pendant toutes ces années, à échapper aux regards des autres, cachée derrière les personnages qu'elle habitait. Les histoires qu'elle racontait naissaient invariablement aux confins de la mythologie hindoue, des royaumes mayas et des rites des peuples premiers d'Amérique, dessinant sa géographie intérieure et instaurant cette profonde connexion au divin, au vivant qui, lorsqu'elle allait la découvrir pleinement, dans cette vie nouvelle qui s'annonçait, l'éloignerait finalement de Waldo.

Deux heures plus tard, le couple s'apprêtait à saluer le chef quand ce dernier déplia une carte sous leurs yeux et, d'un geste, les invita à se pencher. Il sembla parcourir du regard les tracés et reliefs puis, après un instant d'hésitation, pointa une petite vallée du Guatemala. "Avant de rentrer dans votre pays, vous devez vous rendre ici, et rencontrer mon ami Don Alejandro Cirilo Perez Oxlaj, que l'on appelle aussi Loup Errant." S'agissait-il bien de se mettre en route séance tenante vers l'Amérique Centrale, à des milliers de kilomètres de là ? Le chef ne s'embarrassa nullement de ces détails, ne semblant pas envisager un instant qu'ils puissent refuser.

"Ce grand prêtre maya préside un corps de quatre cent quarante sages du Guatemala, issus de vingt-trois groupes ethniques : le conseil maya des anciens. Il fait partie des gardiens du temps, ces sages vénérables qui ont la responsabilité du calendrier sacré. Don Alejandro représente aussi le peuple maya à l'ONU, et il est le chef du conseil indigène des Amériques, qui rassemble les représentants des nations anciennes depuis la Terre de Feu jusqu'à l'Alaska. Loup Errant a déjà quatre-vingt-huit ans et j'aimerais beaucoup que vous puissiez écouter son message, poursuivit Leon Secatero. Seulement voilà, il est très sollicité. Vous lui apporterez donc ce cadeau de ma part, afin qu'il sache que vous êtes bien les amis de Leon Secatero", dit-il en leur tendant une amulette représentant un Maya et un Autochtone d'Amérique du Nord main dans la main.

Sac au dos, vêtus de noir et de blanc, les deux Français marchèrent d'abord quelques kilomètres en direction d'Albuquerque sans échanger une parole. Puis, la réalité du voyage reprit ses droits : où dormir ce soir ? Comment quitter les États-Unis, traverser le Mexique et parcourir les 3 600 kilomètres qui les séparaient de leur nouvel objectif ? Était-il possible de faire le voyage sans différer leur retour prévu trois semaines plus tard, fin novembre ? Impossible d'organiser ce périple depuis ce coin perdu de désert, de toute façon. "On va le faire en mode impro et on verra bien", éluda Ségolène en réprimant un bâillement.

Un voisin de Leon Secatero reconnut les deux autostoppeurs et les amena dans le centre d'Albuquerque, à la gare routière. Il surprit le couple en pleine étude des cartes, des horaires et de leur budget, une chape de nostalgie confuse et d'ennui se déposant imperceptiblement sur leurs épaules. Dans ce hall d'attente anonyme et bruyant, ils furent envahis par une sensation de vide. Leon Secatero leur sembla déjà très loin et, de leur voyage, ne restaient soudain que doute et remise en question. Fatiguée, Ségolène ne vit pas Waldo se diriger vers les toilettes et sombra dans une torpeur proche du sommeil dont elle n'émergea que lorsqu'elle entendit la voix de son ami à quelques mètres de là. Son ton enjoué éclipsa l'inquiétude. Le jeune homme avait noué une conversation avec deux routardes italiennes. Elles venaient de rendre une voiture de location et lui expliquaient que dans ce coin des États-Unis, louer un véhicule permettait à la fois de s'affranchir du réseau de bus et des dépenses d'hébergement pour qui acceptait de dormir dedans. Une économie considérable. Lorsque Ségolène s'approcha, Waldo les bombardait de questions : elles arrivaient du Mexique.

Sortie du parking et après un arrêt au supermarché, la Ford Cortina louée par les Français navigua laborieusement vers les derniers faubourgs de la ville avant de mettre le cap au sud. Face au désert, leur voyage s'imposait de nouveau. Pendant une semaine, ils roulèrent le jour et dormirent la nuit, la peau recouverte d'une couche de poussière, puis ils quittèrent le confort relatif du véhicule qu'ils déposèrent à l'agence d'El Paso. Ils entrèrent en territoire mexicain à pied. Avec seulement quelques dizaines de dollars en poche, ils étaient sur la réserve : désormais, tout serait compté. Blanc et Noir firent du stop le long des routes mexicaines, sautant les repas, glanant des fruits trop mûrs et dormant à l'abri de maisons abandonnées ou au pied des rares bosquets d'arbres rabougris, à l'écart de la route. Amaigris, brûlés par le soleil et ivres de leurs corps légers, ils s'arrêtaient, de loin en loin, dans les villages qui jalonnaient leur parcours et donnaient leur spectacle. Ils attiraient la sympathie des habitants qui, parfois, les nourrissaient et les hébergeaient un jour ou deux.

TRANSE

Un matin, les deux autostoppeurs grimpèrent dans un vieux pick-up et engagèrent la conversation avec le bienfaiteur du jour qui, lui aussi, faisait route vers le sud pour une centaine de kilomètres. Bien qu'en tenue d'ouvrier agricole mexicain, Javier était homme-médecine de son état, ce qui signifiait guérisseur et chaman. Après avoir jaugé ses passagers, il laissa passer quelques kilomètres, levant dans son sillage un nuage de poussière sous le ciel bleu cobalt de la mi-novembre. Puis il entama la conversation. Il rejoignait un grand rassemblement tribal où il les invitait à le suivre. Ils se laissèrent convaincre. Une heure plus tard, le pick-up entrait dans un profond cirque végétal où le pâturage des bêtes avait sculpté un amphithéâtre de verdure sauvage, loin des regards, isolé du monde par la forêt dense qui l'entourait. Ségolène et Waldo furent livrés à eux-mêmes : Javier les ignorait, personne ne semblait les voir et ils se demandèrent bientôt pourquoi ils étaient venus se perdre au bout de ce chemin sans issue alors qu'ils étaient pressés de faire route vers le sud. Comme pour confirmer leurs inquiétudes, Javier disparut totalement. Autour d'eux, les visages étaient graves et fermés, l'attention tournée vers l'intérieur, les regards ailleurs voire hostiles. Ils comprirent peu à peu que dans le creuset central du théâtre de verdure venait tour à tour l'une des multiples tribus en ces lieux rassemblées pour célébrer une cérémonie propre à sa tradition. Chamans et prêtres communiquaient avec l'assemblée dans une sorte de danse ininterrompue, ponctuée de chants et de percussions.

Waldo se laissa entraîner par trois hommes vers une tente où régnait une chaleur humide, un air brûlant et saturé d'odeurs de plantes. Le temps que son œil s'adapte à la lumière, il devina une trentaine de visages impassibles et des corps nus serrés les uns contre les autres, luisants de sueur. Au milieu, des pierres fumantes empilées formaient un grand cairn. À peine la tente refermée, Waldo se tourna pour ressortir, mais dans l'obscurité il sentit des mains le faire asseoir. La chaleur fut presque immédiatement intenable : ses voies respiratoires le brûlaient et son cœur tambourinait. En levant les yeux, il croisa les regards des autres hommes en proie eux aussi au rituel en cours dans cette tente de sudation. Sentant progressivement monter une sensation de calme à laquelle il s'abandonna, Waldo décida de rester. Son âme semblait s'être échappée de son corps et tourner au-dessus du groupe.

S'était-il écoulé une heure ou deux ? Impossible de le dire. À l'issue de l'épreuve, à travers un brouillard de vapeur, dans un état second, Waldo vit les hommes s'embrasser, sortir et se rouler dans l'herbe dans une empoignade euphorique, avant de se jeter dans la rivière où il les suivit. Il fut traversé par des visions : le paysage alentour, la forêt, les poissons, les algues, les racines, la terre et l'eau entraient en lui par tous les pores de sa peau, puis l'engloutissaient, comme s'il n'était plus qu'un micro-organisme noyé dans l'effervescence de cette jungle. Avant qu'il reprenne conscience, le visage de Leon Secatero – dont la peau était faite d'une écorce fine et sombre et les rides pareilles aux craquelures d'un arbre – lui adressa un large sourire. Les membres parcourus d'une acuité nouvelle, il sentit son corps remonter vers la surface de la rivière dardée de rayons solaires. Il tourna alors la tête et aperçut Ségolène qui, assise plus loin, lui adressa un regard inquiet.

Quelques jours plus tard, à l'issue d'une épopée accomplie en deux semaines, tour à tour dans une Ford Cortina en fin de vie, en auto-stop, en bus et à pied, le couple arriva enfin au Guatemala, puis dans les ruelles du hameau où vivait le grand prêtre maya. Ils n'avaient plus un sou en poche mais étaient heureux, habités d'impatience à l'idée de le rencontrer. Ils allèrent d'une maison à l'autre et finirent par trouver celle de Don Alejandro manifestement vide, porte et volets fermés. Le bien nommé Loup Errant était très loin de chez lui, au Tibet, leur dit-on, et ne serait pas de retour avant des semaines…

LA MARCHE

À l'arrière de la Clio qui roulait vers la ferme de ses parents, Waldo avait le visage fermé. Sa mère, sur le siège passager, dut répéter plusieurs fois ses questions et se tourner avec un regard perplexe vers le couple pour finalement lui arracher des réponses lapidaires. À cet instant, alors que leurs regards balayaient les paysages mornes de cette fin décembre 2006, les pensées de Ségolène et Waldo flottaient encore quelque part entre Leon Secatero et l'opération dont ils préparaient déjà mentalement chaque détail. Ils étaient maigres à faire peur. "Non mais, maman, c'est quoi ces questions pourries sur la cuisine locale, les paysages et la pauvreté !" avait finalement lâché Waldo après quarante-cinq minutes d'un dialogue erratique. Le jeune Auvergnat le savait : aucun mot, aucun récit ne lui permettrait de transmettre l'intensité des quatre mois qui venaient de s'écouler et encore moins d'expliquer cette révélation qui faisait de lui un autre homme. Les heures passées dans l'avion depuis qu'ils avaient quitté l'aéroport de Guatemala City lui avaient permis d'échafauder un plan qu'il mettrait en œuvre dès son arrivée. Un projet à la hauteur du concentré de révolte et d'énergie qui débordait de tout son être alors qu'il traversait le paysage gris et rectiligne de l'agglomération toulousaine, cette succession de champs uniformes, de sols souillés par les pesticides, de zones commerciales tapissées d'enseignes criardes et vulgaires, de rues bordées d'immeubles ternes ou de ces pavillons étriqués entourés de jardins qui lui semblaient ridicules.

Dans la grange de ses parents, Waldo ressentit une forme de soulagement quand il parvint à obtenir le silence au milieu d'une trentaine de potes, qui avaient été sommés de rappliquer le soir même. Ils n'allaient pas se priver de l'occasion de descendre quelques bouteilles. Hébété et fourbu par le décalage horaire, Waldo savait néanmoins exactement ce qu'il allait dire : "Toute une lignée de sages alerte le monde depuis plusieurs siècles, commença-t-il sur un ton qui, trop solennel, jeta un froid au milieu de ces retrouvailles. Ils annoncent l'effondrement des écosystèmes, déclara le jeune homme tout en prenant conscience que ses propos arrivaient comme un cheveu sur la bière. Or les études scientifiques disent exactement la même chose ! C'est la cata partout : la surpêche, la déforestation, l'agriculture industrielle, la pollution de l'air, martela-t-il. En gros, l'humanité est devenue complètement tarée, ajouta-t-il avec l'impression de capter enfin l'attention du groupe. Mais les tribus autochtones comme celle qu'on a rencontrée choisissent depuis toujours de rester à l'écart de ce bordel. Elles suivent leur propre calendrier, vivent selon leurs propres règles, dans leurs propres réserves à peine cartographiées où les Blancs comme nous se perdent au premier croisement. Bref, ce sont des sages qu'il faut écouter ! Ils appellent à une grande réconciliation avec la nature, pour sauver ce qui peut encore l'être. Ici, en France, je n'ai jamais rencontré personne qui porte ce message cher aux Amérindiens. Comme si nous étions les seuls à le connaître, c'est donc notre mission, nous devons alerter le monde par tous les moyens !" Waldo avait haussé le volume de sa voix et scandé ces tout derniers mots en articulant et en promenant son regard sur l'assemblée pour être sûr de son effet. Il se calma, but une gorgée de bière, poussa un soupir et sembla reprendre plus posément : "Faut arrêter avec les pétitions, les gestes écolos, les manifs du dimanche et toutes ces merdes hypocrites ! lâcha-t-il sur un ton péremptoire. En fait, chacun vit dans son petit confort, avec sa petite femme, son petit chien, dit-il en grimaçant… Et personne ne voit que tout part en couille : le climat, l'économie, la société, tout va s'effondrer ! Et plus vite qu'on l'imagine ! Il faut lancer un vrai soulèvement, sinon ça va continuer comme ça !" Émus par ce discours autant qu'éméchés, les invités se lancèrent dans une envolée d'applaudissements et de vivats. L'annonce avait fait son effet et chacun repartit avec la vague idée que quelque chose allait se passer, qui serait impulsé par l'enthousiasme décidément intarissable de Waldo.

Ségolène était présente ce soir-là mais observait en simple spectatrice, percevant les conversations comme nimbées de volutes vaporeuses, dans une forme de détachement neutre. Son rythme intérieur, ponctué par la respiration profonde issue de ses méditations régulières, était en décalage avec l'enthousiasme, les rires, les éclats de voix et l'ivresse de cette fête. Depuis quelque temps, une distance s'était bel et bien installée entre les deux voyageurs et, ce soir-là, elle se creusa encore. Cette expérience initiatique avait levé en elle une barrière psychique, les risques pris au cours de cette aventure avaient renforcé sa confiance en elle et la poussaient désormais à explorer seule et sans complexe sa connexion à ce qui nous dépasse, au vivant. En somme, Ségolène était une autre depuis quelque temps – elle devait bien se l'avouer – et elle percevait Waldo comme un individu désormais étranger à ce nouvel univers et n'ayant pas de place dans la tranche de vie pleine de promesses qui s'annonçait pour elle.

Dès le mois de janvier 2007, la bande réunie dans la grange de Waldo propagea son message : tous les réseaux militants français et européens furent appelés à se lancer dans une Marche du vivant qui traverserait la France sur plus de 1 000 kilomètres pendant trois mois. Ils imaginèrent une sorte de soulèvement populaire à la manière des marches paysannes indiennes, ces manifestations qui couvraient des centaines, parfois des milliers de kilomètres à travers le sous-continent : des cortèges aux allures d'exode, banderoles et drapeaux battant au vent. “Ça va déchirer !” répétait Waldo qui, entouré d'un petit collectif aussi exalté que lui, rédigea un communiqué à envoyer tous azimuts, annonçant le lancement. Avant de le diffuser, il l'avait lu à haute voix à tous et à plusieurs reprises, en détachant ses mots, jusqu'à ce qu'on le juge suffisamment accrocheur, percutant, mais aussi assez clair pour les non-initiés : “Ce regroupement apolitique et areligieux vise à créer un immense forum dans lequel seront mises en avant les expériences de ceux qui adoptent un mode de vie respectueux d'autrui et de l'environnement, qu'ils soient simples citoyens, activistes, chercheurs, artistes, etc., annonçait le message. Nous voulons transformer la société de l'intérieur. Il est urgent de nous rencontrer pour partager nos informations, nos savoir-faire et enfin agir ! La Marche du vivant est un mouvement populaire qui utilise le spectacle comme outil d'expression : habillés aux couleurs de l'arc-en-ciel, dans chaque ville et village que nous traverserons, nous nous rassemblerons en cercles de parole pour rencontrer les habitants, nous exprimer, écouter les lanceurs d'alerte."

Dès le premier jour, lorsque l'appel fut lancé, des dizaines d'activistes l'envoyèrent à leurs listes de diffusion et le message se répandit dans les ONG, les collectifs, les squats des grandes villes et les centaines d'écolieux de France comme au sein des luttes ouvrières et paysannes. Trois semaines avant la date de départ, des groupes arrivèrent, sacs au dos, pour se joindre aux chantiers collectifs de construction des yourtes et des chapiteaux qui suivraient la marche, pour fouiller les déchetteries et réunir le matériel nécessaire (des ustensiles, des tapis de sols, des outils) et glaner dans les poubelles des supermarchés les produits secs invendus (pâtes, biscuits, graines) susceptibles de constituer une base alimentaire.

SUR LA MÉRIDIENNE

Bonnets en polaire, mitaines, gants, anoraks sur un millefeuille de pulls et de tuniques, chaussures de randonnée et grosses chaussettes en accordéon, le tout systématiquement assorti dans l'une ou l'autre des sept couleurs de l'arc-en-ciel : le rassemblement ne passa pas inaperçu ce 6 février 2007 à Bugarach, dans la haute vallée de l'Aude. "On se pelle grave", maugréa Corinne, exhalant une volute de chaleur au-dessus de la tasse de thé fumant qu'elle tenait serrée entre ses mains. Une centaine de personnes étaient rassemblées dans le froid matinal, sautillant d'un pied sur l'autre en attendant le départ. Les compagnons de route de Waldo – y compris Amandine, qui arrivait de Lorraine – se mêlèrent aux militants venus des quatre coins du pays. Le noyau de départ s'étoffait.

Étienne bavardait avec un groupe de six personnes dont la conversation roulait au rythme des gorgées de café brûlant et de brefs rires collectifs. Trois jours avant, en début d'après-midi, poussé par le bouche-à-oreille qui avait parcouru les bars alternatifs, les tiers-lieux et les associations de sa ville, il s'était posté à la sortie de Montpellier, à près de 200 kilomètres de là, le pouce tendu. La chance l'avait accompagné d'une voiture à l'autre jusqu'au rond-point marquant l'entrée de Bugarach. Vers 21 heures, il avait rejoint le point de rendez-vous chez un habitant du village où, poussant la porte entrouverte, il découvrit, de l'entrée au salon, des groupes qui bavardaient assis jusque dans les escaliers, chacun se faufilant, une assiette ou un verre à la main. À côté d'une caisse remplie de 33-tours aux pochettes hors d'âge, sur une platine tournait un vinyle de Louis Armstrong dont la voix émergeait par intermittence du flot des conversations. Étienne ne connaissait personne, mais l'ensemble produisait sur lui l'effet rassurant dont il avait besoin. Il posa son sac à dos à l'entrée, gardant l'étui de sa flûte traversière en bandoulière avant de se laisser porter par le courant. De taille moyenne, il paraissait pourtant petit, tant son anatomie était fine. Ni son éternel sarouel ni sa chevelure bouclée ondulant sur le col de sa polaire ne parvenaient à compenser cette morphologie éthérée. Sur son passage, quelques têtes se tournaient, comme appelées : au-dessus de pommettes presque émaciées et pâles, soulignées par un demi-sourire, ses immenses yeux bleus exprimaient la bonté. Sous l'effet de cette aura de douceur angélique, nul n'aurait pu deviner la pince multifonction qu'il portait en permanence à sa ceinture dans un vieil étui en cuir, ni l'épaisse callosité qui recouvrait ses mains crevassées et qui, lorsqu'il jouait de sa flûte traversière, créait un décalage singulier.

Passant une tête dans la cuisine avec l'idée de proposer son aide – et parce qu'il avait faim – Étienne ressentit ce qu'il identifierait plus tard comme un choc. La vue d'une douzaine de personnes qui squattaient là, chacune portant l'une des couleurs de l'arc-en-ciel, lui procura un sentiment d'allégresse pareil à celui de ces alpinistes lorsqu'ils atteignent le sommet. Ce tourbillon de couleurs l'avait impressionné, suscitant en lui un optimisme aussi puissant qu'insolite et sans objet particulier. Envoûté par ce tableau coloré, il s'appuya sur le chambranle de la porte et remarqua Amandine qui, avec deux hommes indigo, préparait le repas sur la table en bois. Dans sa longue robe jaune pâle fermée jusqu'au cou tout en soulignant ses formes voluptueuses, elle semblait échappée d'un tableau évoquant la vie communautaire de paysans américains des années 1950 qu'Étienne avait peut-être vu dans un ouvrage sur les Amish. Deux jours plus tard, en ce matin de grand départ, il n'était pas encore parvenu à analyser ce qu'il avait ressenti ce soir-là, ce sentiment de communion absolue sans échanger le moindre mot avec quiconque, par la seule vibration des couleurs. Il ignorait encore que la force de l'arc-en-ciel le porterait pendant les quinze prochaines années. En attendant, ce matin-là, une bise tenace traversait ses vêtements sans que leur couleur safran, pareille à celle des robes habillant les moines bouddhistes, n'y change rien.

Yannick, un grand escogriffe, faisait face à Étienne et sa vieille casquette de couleur indéfinissable dépassait du groupe et basculait en arrière, une gorgée de café après l'autre. Il était arrivé lui aussi quelques jours plus tôt avec une équipe qui ne vivait apparemment que pour sa passion : monter des constructions éphémères, des yourtes et des zomes, ces chapiteaux composés de losanges réunis en double spirale. Ces acrobates aux corps déliés choisissaient les endroits les plus improbables et agissaient de préférence sans autorisation. Le montage des chapiteaux s'exécutait comme une danse qui les conduisait finalement, pieds nus, jusqu'à plus de 15 mètres du sol. Puis, ils savouraient le regard des passants découvrant, comme une apparition, une construction monumentale ou une yourte. Ainsi fut-il entendu que la bande dresserait chaque soir, pendant toute la durée de la Marche du vivant, au minimum un bivouac au beau milieu de la campagne ou dans un centre-ville.

Corinne, elle, arriva le jour du départ, déterminée à passer les trois mois suivant à marcher vers Paris. Sa tunique – un patchwork d'étoffes ajustées par une orfèvrerie de coutures fines – suffisait à signaler son savoir-faire. Couturière, elle portait toujours un sac à dos rempli du petit matériel nécessaire pour apprendre à quiconque à recoudre ses vêtements, bricoler une banderole ou une tenture, voire à se fabriquer une robe. Elle n'en était pas à son coup d'essai et connaissait l'émotion subtile que ressentaient ceux qui, sortis d'une vie d'écrans et de dépendance aux magasins de chaîne, reprenaient la main sur la matière et, partant, sur le cours de leurs vies. Un fil et une aiguille suffisaient pour ressentir les prémices d'une forme d'autonomie. Plus loin, en retrait du groupe, un couple prenait soin de deux chevaux équipés de bâts. Séverine avait le teint très mat, un port de tête altier, un regard grave imperturbable et une longue natte noir de jais qui pendait dans son dos. Assis sur un muret, Igor semblait quant à lui sorti d'un récit de Tolkien. Comme elle, ce quadragénaire était de petite taille. Il portait un chapeau de feutre à larges bords d'où s'échappaient une tignasse bouclée et une paire de lunettes cerclées accentuant ce regard si particulier qui semblait annoncer en permanence une plaisanterie ou un bon mot. Ils furent rejoints par Sophie qui, elle, était accompagnée d'une chèvre et comptait bien la faire avancer jusque dans les rues de Paris.

Bientôt, tous tournèrent le dos aux Pyrénées et, formant une colonne, s'avancèrent le long de la D14 qui permettait de sortir du cirque montagneux. Le cortège était suivi par deux camions. À l'arrière des véhicules, on avait entassé une yourte et deux zomes, des couvertures, des casseroles, une grande marmite, des provisions et les sacs des voyageurs qui ne devaient emporter qu'un équipement rudimentaire pour l'hygiène de base et le froid.

La caravane prit la direction de la Méridienne verte, cette ligne imaginaire qui traversait la France du Sud au Nord. Elle avançait vers un objectif encore trop lointain pour y croire. Les marcheurs couvraient 15 à 40 kilomètres par jour. Chacun était vêtu d'une couleur de l'arc-en-ciel, qui rendait ce cortège – flanqué des deux chevaux et de la chèvre – inoubliable dans les rues des villages et villes qui jalonnaient le parcours. Tous, percussions en main, n'attendaient qu'un signal pour se mettre en mouvement comme un long serpent multicolore qui ondulait, animé de sa vie propre. Le groupe se lançait ainsi dans une chorégraphie tonitruante.

SANS ARGENT

Chaque jour mieux organisé, plus agile, le groupe gagnait de l'assurance et attirait des militants de toute la France, toujours plus nombreux à se joindre au cercle du soir pour discuter, à marcher et à donner un coup de main. Ils venaient de mouvements aussi disparates que la lutte antinucléaire, le combat contre le gaz de schiste, la défense des terres agricoles, des animaux, auxquels s'ajoutaient des membres des syndicats ouvriers, les anarchistes, les faucheurs volontaires et les écoféministes. Certains étaient habitués à cette vie spartiate hors-système, arrivant eux-mêmes de squats ou d'habitats mobiles. Tous partageaient une détermination : aller jusqu'au bout et faire entendre leur voix. La plupart n'avaient pas de plan, pas d'autre projet que la lutte suivante, la prochaine mobilisation. Mais ils avaient décidé de passer des semaines, voire des mois, dans le cortège. Ils iraient jusqu'à Paris !

Avec le temps, derrière l'insolite routine de cette performance artistique permanente aux couleurs vives, se joua autre chose. Unies les unes aux autres, les colères s'agrégeaient et se nourrissaient en une spirale qui, imprévisible, se cristallisait de temps à autre, brutalement et unanimement, sur une idée, un problème, un fléau ou un simple objet. Quelque part entre Carcassonne et Aurillac, Waldo alluma le porte-voix avec l'idée de réveiller le groupe, un peu mou cet après-midi-là. "La technologie nous bouffe le cerveau ! C'est une arme de soumission massive !" hurla-t-il alors que le cortège, dans un sursaut, baissa la tête comme si une bombe explosait. "Les multinationales et l'État nous enferment dans ce petit écran de merde ! poursuivit-il en brandissant son mobile. La tyrannie numérique envahit chaque jour un peu plus nos vies ! Marre d'être traqués et fichés !" Constatant que toute conversation avait pris fin, que les percussions alentour s'étaient tues et que les regards étaient braqués sur lui, il improvisa une démonstration : "Les médias se prosternent devant l'innovation technologique comme si c'était un progrès. Mais ouvrez les yeux, putain ! Ces gadgets nous abrutissent, accélèrent nos vies de consommateurs et paralysent notre engagement citoyen. Pendant ce temps, l'humanité franchit de nouveaux seuils dans la destruction de la biodiversité et le dérèglement du climat, sans que personne ne bouge", énonça-t-il avant de faire réagir la foule, en bon bateleur : "Est-ce qu'on a besoin de Meetic pour baiser ? Non ! Est-ce qu'on veut une cafetière connectée ? Non ! Est-ce qu'on veut être traqués ? Non ! Les portables, ça se mange pas, la technologie nous détourne de l'urgence !" termina-t-il, grisé et content de lui. Un crescendo de percussions, de cris et de slogans s'ensuivit au cours duquel Waldo, à peine conscient de son geste, projeta de toutes ses forces son téléphone sur le bitume et sauta dessus à pieds joints. Dans la foulée, deux filles l'imitèrent dans un moment d'exultation collective. Une vague d'adrénaline avait parcouru le groupe et, imperceptiblement, ouvert une vanne.

Dès le lendemain, le geste fut adopté comme un nouveau rituel. Lorsque la température montait, que l'ambiance atteignait son paroxysme, venaient ces instants de défoulement ultime : un participant s'emparait de la masse qui servait à planter les pieux de la yourte et pulvérisait son téléphone portable, encouragé par une vague de cris. Puis un autre tendait ses papiers d'identité à bout de bras au-dessus de sa tête, tournant sur lui-même avant d'allumer son briquet. Au gré d'un long hurlement collectif, il brûlait sa carte d'identité dans une explosion de joie. Plus tard, d'autres brûlèrent leurs diplômes. Ces gestes sacrificiels, ces rites de passage, donnaient aux Arc-en-ciel, mains levées, des allures de chamans en transe. Le soir, autour du feu, le groupe se sentait renforcé par les événements de la journée et les kilomètres gagnés sur le chemin, jour après jour, contre vents et marées, et, dans ce contexte de ferveur euphorique, le noyau de la bande prit deux décisions importantes. Puisqu'ils étaient capables de se passer de téléphones ou de papiers, pourquoi ne pas aller plus loin ? “Vu qu'on ne possède presque rien, pourquoi enrichir les banques inutilement en ayant un compte ? interpella Étienne. D'autant qu'elles financent n'importe quoi : les OGM, le pétrole, l'armement… On vit ensemble, alors pourquoi ne pas tous partager le même compte ? Les questions d'argent font tellement flipper tout le monde que les banques le savent et se servent de cette peur. Mais si nous, on fait ce pas, peut-être que d'autres oseront le faire aussi ? Bref, ça vaut vraiment le coup !” trancha-t-il. Six d'entre eux se promirent de fermer leurs comptes en banque et d'ouvrir un compte commun, et cela aussitôt que leur route croiserait une agence bancaire.

Quelques jours plus tard, le sujet du salariat vint à son tour sur la table : "Les gens qui nous abordent pendant la Marche m'en parlent tout le temps, souligna Amandine. Ce qu'ils racontent est flippant. Hier, une dame m'a expliqué que non seulement elle était harcelée tous les jours par une sorte de petit chef de service, mais qu'en plus elle n'arrivait pas à boucler le mois. En l'écoutant, j'avais envie de pleurer ! À un moment donné, en lui expliquant notre mode de vie, j'ai ressenti une sorte de culpabilité d'être aussi heureuse face à elle. Là, je me suis dit : putain, mais c'est le monde à l'envers ! Moi, j'ai pas de revenus et je réagis comme si j'étais riche !" Après un silence, les autres Arc-en-ciel reprirent la parole dans un brouhaha confus et enjoué : ce témoignage mettait des mots sur ce que chacun ressentait, ce sentiment, parfois vu comme paradoxal, d'être plus libre sans revenus et sans contrat de travail. Amandine était parvenue à exprimer cette culpabilité dont l'origine leur échappait. Venait-elle du fait que beaucoup de précaires – laissés au bord de la route, voire fauchés par l'économie néolibérale – l'étaient contre leur gré ?

"C'est important, ce que tu dis, reprit Waldo dont la voix grave et l'air solennel firent taire les bavardages alentour. C'est un message fort qu'on devrait passer plus souvent à ceux qu'on rencontre. Mais pour ça, il faudrait que notre engagement soit plus clair, plus tranché, pour que les gens n'aient pas l'impression qu'on les embobine avec de grands discours tout en gagnant de l'argent comme tout le monde."

Waldo s'aperçut qu'on attendait de lui, dans une certaine perplexité, qu'il aille jusqu'au bout de son idée. "En fait, ça m'énerve, ces gens qui pensent qu'on vit du RSA et nous voient comme des parasites ! Franchement, c'est insupportable !" Comme son coup de gueule soulevait un brouhaha, il enchaîna un ton plus haut sur le sujet concret qu'il voulait aborder. "Ce qui serait vraiment percutant, c'est de décider de renoncer officiellement à la fois au travail salarié et au RSA. Ça tordrait le cou aux détracteurs qui présentent les activistes comme des parasites incapables de subvenir à leurs besoins."

Se nourrir d'invendus glanés dans les poubelles des boutiques ou sur les marchés et vivre sans domicile fixe, sous un porche d'église, dans l'allée d'un immeuble, dans un squat ou dans la forêt s'il le fallait, ils savaient faire ! C'était un mode de vie digne des Guerriers de l'arc-en-ciel et la décision fut prise dans un élan commun et une montée d'adrénaline : plus de salaire ni de RSA, un point c'est tout ! Dans les jours qui suivirent, l'ambiance resta saturée d'une ferveur qui transporta, grisa les manifestants et attira encore davantage de marcheurs. La caravane s'étoffait au gré des étapes. Le flot arc-en-ciel traversait le paysage, faisait route vers le nord, ses couleurs explosant sur l'asphalte uniforme des villes de province et des villages endormis.

SEUL

Comment Étienne devait-il interpréter cet instant où – pendant que le cortège exultait pour célébrer la fin de l'étape et le nombre des marcheurs qui avait presque doublé en quelques jours –, au milieu de cette liesse, elle le prit soudain dans ses bras ? Au moment où il avait senti ses seins se presser contre lui sans retenue, un effluve d'amande échappé de la chevelure de Chloé l'avait enveloppé. Et comme le temps semblait s'arrêter, il avait posé sa main sur son dos nu pour lui rendre enfin maladroitement son étreinte. Mais, pourquoi lui ? Était-ce simplement parce qu'il se trouvait là, à côté d'elle, au moment où tout le monde avait hurlé de joie ? Désorienté, Étienne, qui depuis quelques jours souriait à Chloé, peinait à croire qu'elle ait pu le remarquer. Chaque signe qu'elle lui adressait, plutôt que de le rassurer, éveillait un nouveau doute.

Les fossettes de cette jeune femme de vingt-six ans semblaient en permanence réprimer un fou rire et, de fait, ses paroles confirmaient cette espièglerie qui rendait si légère toute relation avec elle. Si de loin sa tenue indigo se fondait parfaitement dans le décor, Étienne avait noté quelques détails qui la distinguaient du reste du groupe et en particulier le soin qu'elle portait à son apparence, ses bijoux discrets mais fins, ses jambes épilées, ses vêtements toujours impeccables, ses cheveux attachés en un chignon strict ou soyeux et souples lorsqu'elle les libérait – et ce shampoing à l'odeur d'amande ! "Je bosse pour le grand capital", ironisait-elle chaque fois qu'elle devait parler d'elle et de son métier de consultante en événementiel pour des marques de luxe. Son job lui inspirait un profond dégoût d'elle-même, dont elle avait choisi de rire pour refouler le nœud qui se formait au fond d'elle lorsque le sujet était évoqué. "Au boulot, toute la journée, j'imagine comment mettre en scène le pouvoir de quelques dirigeants et le succès de leurs produits : le décor, la musique, les invités, etc. Parfois, quand je les vois sur écran géant saluer l'ovation de leurs salariés, j'ai l'impression d'être l'attachée de presse de Kim Jong-il ! Le tout se passe dans d'immenses salles où je dois faire en sorte de créer un univers clos genre station spatiale qui pue le *fake* à plein nez, histoire de faire oublier au public que nous sommes de simples terriens complètement cons en train de se foutre en l'air.

— Tu peux toujours te barrer, non ? lui suggéra Étienne. Qu'est-ce qui te retient ?

— C'est sans doute ce qui va arriver : depuis quelque temps, quand je me balade dans la salle avant que le show commence, j'ai envie de me pendre…" avait-elle répondu, son visage révélant pour un instant les traits d'un désespoir qui avait touché Étienne.

Le lendemain, alors que la pluie tambourinait sur la toile de la yourte pendant les discussions du cercle, tandis que des corps harassés par la marche montait une douce chaleur musquée, elle se trouvait près d'Étienne et posa sa tête sur sa cuisse. En lui la machine à doutes se remit en route : avait-elle vraiment choisi à dessein de poser sa tête là, sur sa cuisse à lui plutôt que celle d'un autre ? Ce devait bien être délibéré puisqu'elle lui avait demandé de pousser son sac un instant avant.

Outre sa timidité, Étienne était en réalité dérouté : les comportements affectifs au sein de la bande n'avaient rien de commun avec ce qui se pratiquait à l'extérieur. Les participants permanents de la marche formaient désormais une bulle d'intimité et de tendresse inconditionnelle où, tacitement, s'imposait une forme de "non-discrimination" éradiquant les critères de beauté – cette effroyable sélection. Donner un peu de tendresse ne se refusait pas. Pendant la journée, les prétextes ne manquaient pas pour se serrer dans les bras les uns les autres : un réveil difficile, une mauvaise nouvelle ou un coup de fil désagréable suscitaient assurément leur lot d'embrassades. Et le soir, une fois assis, on se blottissait les uns contre les autres au coin du feu. Une règle tacite voulait que cela ne soit jamais confondu avec la moindre invitation et les codes habituels du flirt s'en trouvaient bouleversés. Certains nageaient allègrement dans ce flou artistique pour trouver un partenaire sexuel, d'autres restaient de toute évidence dans le registre de l'amitié, et d'autres encore étaient désorientés, comme Étienne, qui se retrouvait paralysé : rien ne l'aurait plus embarrassé que d'apparaître opportuniste, mais, alors même qu'il avait cru trouver dans ce nid relationnel ce qui viendrait apaiser le sentiment de solitude tenace qui l'habitait, il s'était senti plus seul encore. S'il s'était ouvert de cela à ses amis, personne ne l'aurait cru. N'était-ce pas son nom qui résonnait sans cesse à travers le campement, et lui qui déambulait, outils à la main, allant d'une réparation à l'autre ? On venait régulièrement se confier à ce garçon plein d'une empathie sincère qui, le visage ouvert, était présent, là, avec vous et écoutait pour de vrai. Or les couples se formaient et se déchiraient à un rythme soutenu, au point que parfois, les histoires d'amour des uns et des autres finissaient par se télescoper et miner l'atmosphère au sein du cortège.

Les tourments d'Étienne cessèrent le surlendemain, lorsque Chloé profita de la proximité d'une gare SNCF pour s'éclipser, sauter dans un train et, dit-elle, "revenir à la réalité". Il se demanda alors si l'itinérance qu'il avait vécue les mois précédents en Lituanie, jouant de la flûte dans la rue pour gagner ses repas, n'était pas préférable à cette solitude au milieu des autres. Mais l'ambiance de la marche prit aussitôt une nouvelle tournure et il suffit de quelques heures pour qu'il soit rattrapé par le quotidien haletant de cette épopée où, manifestement, la moindre anticipation était impossible.

LA SECTE

Les Renseignements généraux, qui espionnaient paresseusement le cortège depuis le premier pas dans les Pyrénées, perçurent rapidement l'évolution de l'ambiance au sein de la colonne humaine. Perplexes, ils s'agaçaient de constater que rien ne collait à leurs références habituelles, sentant vaguement qu'une question de génération se jouait là. Les profils sur lesquels ils avaient enquêté ne dépassaient pas les vingt-cinq ans. L'allure carnavalesque et vaguement naïve de la manifestation semblait en décalage avec les revendications radicales des marcheurs. Et pour ce qu'en avaient compris les agents qui s'étaient mêlés au cortège, ces babas multicolores n'avaient ni chef, ni structure officielle, ni objectif politique commun plus précis que de se libérer du capitalisme et d'entraîner la population dans sa lutte.

"C'est quoi, ce bordel ? Ils font quoi les parents, là ?" s'était demandé Farid, l'un des hommes qui, en marge du cortège, avec son bombers et ses lunettes de soleil sous le ciel gris, était aussi discret que s'il avait brandi une pancarte avec son matricule imprimé en grands caractères. Il sentait que quelque chose lui échappait. Cette espèce de tribu évadée de sa réserve, hérissée de dreadlocks, de crêtes douteuses, de bonnets fatigués et d'immenses queues de cheval ne rappelait ni les défilés de militants cégétistes bedonnants, ni les black blocs en uniforme noir, acharnés contre les vitrines. En revanche, quelque chose semblait les lier à ces désobéissants en combinaisons jaunes floquées de slogans conçus sur mesure pour la presse qui s'enchaînaient aux grilles d'une centrale nucléaire, d'un entrepôt de soja importé ou à un camion de déchets toxiques. "Mais quoi, exactement ?" se demanda Farid sans pouvoir répondre. Les flics avaient ici affaire à une bande de jeunes imprévisibles, incontrôlables, bref, illisibles. Parfois complètement survoltés, ils étaient pourtant aussi efficaces dans l'organisation de leurs camps que s'ils sortaient d'un stage militaire : aussitôt arrivés sur leur lieu de bivouac, ils préparaient l'emplacement du feu en prélevant des carrés d'herbe pour que le foyer soit sur la terre et n'endommage pas les lieux. Ils les replaçaient le lendemain tout comme ils rebouchaient le trou qui contenait leur compost de déchets végétaux et le contenu de leurs toilettes sèches. Pas de papiers gras, ni aucune trace : les lieux étaient laissés intacts, si ce n'étaient quelques petits amas de crottins abandonnés par les trois animaux.

Quelques jours avant l'arrivée de la caravane à Aurillac, les comptes rendus des Renseignements généraux finirent par alerter les autorités qui se demandèrent si elles avaient pris la bonne décision en autorisant quelque temps auparavant cette bande de doux dingues à déambuler. Les lutins inoffensifs qu'ils avaient jaugés un peu hâtivement au départ ne correspondaient plus aux descriptions des agents en civil. Les messages propagés sur les réseaux et les scènes rapportées témoignaient d'intentions perturbatrices. Or les jeunes avançaient inexorablement vers Paris à un rythme soutenu. Pire : leur nombre ne cessait d'augmenter.

Dans leur fuite en avant, ceux que les autorités appelaient "Les Arc-en-ciel" avec une nuance d'incrédulité dans la voix tenaient pour acquis l'aval des forces de l'ordre. Mais la caravane apprit qu'une première, puis une seconde autorisation de camper venaient de leur être retirées. Les mairies avaient reçu un appel des Renseignements généraux qui décrivaient un groupe de "manifestants fauteurs de troubles" et leur conseillaient de suspendre leur accueil. À Aurillac, le cortège fut pris de court. Ils n'avaient aucun plan de repli. La veille de leur entrée dans la ville, à l'issue d'un repérage, Waldo proposa à l'assemblée silencieuse et tendue un plan pour faire diversion et occuper le square du centre-ville où leur bivouac était prévu. "On va bien les niquer !" jubila Mathilde, une jeune militante antinucléaire intégrée à la colonne humaine depuis quelques jours.

Habituellement, les deux camions de logistique suivaient le défilé. Ce matin-là, les marcheurs prirent la route, mais sans les camions. Ces derniers étaient partis plus tôt. Les gendarmes avaient suivi d'un œil distrait le rangement et laissèrent filer les camions. Les chauffeurs des deux véhicules avaient identifié, la veille, un passage, à travers un chantier, qui leur permit d'arriver directement dans le jardin de ville. Quelques marcheurs dissimulés dans le chargement montèrent le camp en seulement trente minutes. Le cortège, lui, prit d'abord une tout autre direction, sans se presser, puis, au signal de Waldo, bifurqua et emprunta en courant une suite de venelles traversant le centre-ville jusqu'au square. L'équipe avait pris soin de prévenir la presse locale, qui arriva une heure plus tard, au moment où une soixantaine d'habitants déjà mêlés au groupe des marcheurs avaient ouvert l'habituel cercle de discussion. Le maire et les Renseignements généraux furent aussitôt avertis par un gendarme dont le ton monocorde dissimulait mal le désappointement. Piégés, ils décidèrent de laisser le groupe camper : ils savaient que les bivouacs ne duraient jamais plus d'une nuit. Ils préféraient ne pas faire de vagues et ainsi éviter le risque d'ébruiter le tour de débutant infligé aux forces de l'ordre par ces espèces de troubadours.

Mais l'humiliation ne passa pas et les communes qui jalonnaient la Méridienne verte furent alertées. À présent, les messages hostiles des gendarmes précédaient les marcheurs et finirent par être relayés dans la presse. Ce discrédit servit de base à toutes sortes de rumeurs qui, comme un vent mauvais, remontaient irrésistiblement les routes de campagne, en direction du nord, au point qu'un reportage de France 3 décrivit la bande comme une secte en train de recruter de nouveaux adeptes à la barbe des autorités… Le passage de cet improbable défilé aux couleurs new age, sorte de cérémonie permanente enveloppée d'une musique lancinante, ne faisait que conforter la rumeur sectaire aux yeux des villageois.

Pour ne rien arranger, les "rituels d'allègement" se poursuivirent et s'amplifièrent. En plus des papiers et des portables, les Arc-en-ciel abandonnèrent au fil du voyage tout ce dont ils pouvaient se passer, leurs affaires personnelles inutiles et même, finalement, un des deux camions. Le collectif voulait montrer au monde que même certains besoins vus comme essentiels n'étaient que les conséquences du consumérisme. Le véhicule fut remplacé par des charrettes à bras qui donnèrent à la marche des allures d'exode et un air de carnaval hippie à la dérive, égaré en rase campagne. Confortés par les premiers allègements et dans un emballement de ferveur décroissante, certains des marcheurs décidèrent d'aller plus loin encore. Ils jugeaient que la nourriture alourdissait considérablement la logistique de la marche et que les habitudes alimentaires étaient une véritable nuisance pour la biosphère. Ils démarrèrent un jeûne de deux semaines durant lesquelles ils continuèrent de marcher jusqu'à 30 kilomètres par jour.

LES VALETS

Mi-avril 2007, deux mois après avoir quitté Bugarach et la haute vallée de l'Aude, le cortège traversa un passage à vide. L'entrain des premières semaines s'était émoussé, le groupe n'était plus composé que de quelques dizaines d'irréductibles. Un train de nuages noirs semblait coller aux banderoles des marcheurs trempées par une série d'averses. L'humidité tenace imbibait les duvets, couvertures et vêtements déjà imprégnés d'odeur de fumée à force d'étendages inefficaces près du feu de bois. La pluie instillait le froid sur les peaux déjà frissonnantes et plombait les esprits. Dans ce huis clos itinérant, les humeurs sombres finissaient par éclater, les amours par se briser, les egos par se rebeller. Parfois, la quête d'un site où bivouaquer sereinement s'éternisait, le jour baissait, les rues se vidaient. Certains regardaient alors avec envie les lumières chaudes s'allumer par-delà les fenêtres, où les foyers réunis se racontaient la journée autour d'un dîner…

À la fin du mois, la caravane vit enfin, au loin, se dresser les premières barres d'immeubles. Paris approchait. Ils pénétrèrent un à un les cercles concentriques qui dessinaient les festons gris de la métropole. Après les pavillons et les lotissements apparurent les premiers échangeurs, les zones commerciales et les cités. Comme le voyageur qui, assis dans le TGV, sort des champs pour être aussitôt absorbé par l'asphalte, les marcheurs s'enfoncèrent dans la ville, voyant le béton envahir l'espace, coloniser l'horizon. Mais ce rempart de tours qui barrait le paysage laissa aussi apparaître la porte derrière laquelle se propageait un infini réseau de ruelles, de passages, de boulevards et de places, des volées de marches d'escalier qui allaient bientôt résonner des cris et des chants de cette meute colorée aux pieds encore boueux, prête à se ruer sur la ville. Les activistes parisiens étaient nombreux à les suivre sur les réseaux. Ils pourraient enfin se joindre à la caravane.

Leur arrivée coïncidait avec un événement qui allait déterminer la suite de l'aventure : le résultat des élections présidentielles. Le collectif voulait profiter de la présence des médias pour faire un coup, occuper le terrain et hurler sa défiance. Les discussions au sein du cercle furent de plus en plus passionnées et nul n'avait de mots assez durs pour décrire la rouerie des candidats : "On dirait des VRP en costard bon marché, vociféra l'un des participants en ce début du mois de mai, assis sur une immense dalle, au milieu d'un ancien terrain de basket, au pied des tours entre Rungis et Orly. Ils sont prêts à n'importe quelle esbroufe pour fourguer leur prêt-à-penser. Ils parlent de la situation écologique catastrophique avec des trémolos dans la voix et prétendent lutter contre les inégalités. En vrai, ils s'en foutent grave ! C'est juste les valets des multinationales et des ultrariches ! Ça se voit comme le nez au milieu de la figure.

— Ces élections servent à légitimer une fausse démocratie, à endormir les masses pour cinq nouvelles années", conclut un banlieusard qui attendait la colonne depuis quelques jours déjà et entendait bien mettre le gros waï dans Paris.

Depuis plusieurs semaines, un réseau parisien d'entraide s'était formé pour préparer l'arrivée des Arc-en-ciel. Où établir leur QG ? Où stocker leurs charrettes, leur yourte, leur cuisine ? Comment nourrir l'équipe ? Le récit picaresque de cette performance artistique audacieuse et courageuse avait circulé dans le réseau des alternatifs et celui de la culture, jusqu'au Théâtre du Soleil, dans le 12e arrondissement. L'équipe décida alors de prêter un espace à la Marche pour y stocker le matériel. Ce lieu abritait depuis toujours une famille artistique unie autour d'une critique radicale du capitalisme. Le Théâtre du Soleil était en effet régi par des règles coopératives et libertaires : chacun recevait le même salaire, le public pouvait tout voir, pénétrer partout, assister au maquillage ou encore partager le repas de la troupe. La directrice, Ariane Mnouchkine, ouvrait elle-même les portes du théâtre et déchirait les contremarques des spectateurs. Elle se reconnaissait pleinement dans cette cascade de couleurs, de musique et de slogans, cette troupe assez déterminée pour enchaîner en trois mois 1 000 kilomètres à pied sur l'asphalte, l'herbe, la boue ou le basalte des voies ferrées, équipée de quelques couvertures, de gamelles et d'abris légers, renonçant à l'argent.

Une fois leur matériel déposé au théâtre, ils durent faire leurs adieux à Igor et Séverine qui voulurent protéger leurs chevaux de tout ce béton et firent demi-tour. Sophie et sa chèvre décidèrent de rester avec eux et toute la troupe fila en direction de Pantin pour rejoindre son hébergement : un ancien squat indiqué par leur réseau d'entraide où, depuis quelques jours déjà, la pression de la gendarmerie mettait les occupants sur les dents. Les Arc-en-ciel arrivèrent, déroulèrent leurs duvets. Ils étaient en train de préparer le repas quand les résultats des élections présidentielles tombèrent. Sarkozy avait obtenu plus de 53 % des suffrages exprimés. Une chape de silence tomba d'abord sur l'assemblée, puis la colère refit surface, plus forte.

EN DOUBLE HÉLICE

Pendant quelques jours, ils se reposèrent, lavèrent leur linge et soignèrent leurs pieds. La nouvelle de leur arrivée circulait et, avec elle, celle qu'ils avaient l'intention d'agir le jour de l'investiture. Mais comment ? Dans la cuisine du squat qui ne désemplissait pas était étalé en permanence sur la table un plan du centre de Paris éclairé par les néons et auréolé de fumée, parfois parsemé d'assiettes et de verres. La stratégie se construisait au fil d'âpres discussions où s'affrontaient tard dans la nuit les meneurs, qu'ils soient là depuis des semaines ou depuis quelques heures. Certains prônaient la non-violence, tandis que d'autres n'en pouvaient plus de ce dogme qui rendait les écologistes impuissants et juste bons à regarder la Terre se faire dépouiller en organisant une énième marche dont se gausseraient les dominants. "Ce que tu comprends pas, c'est que moi aussi, je suis pacifiste, expliqua Julia à l'une des occupantes des lieux. Mais la non-violence est un échec : si rien n'a changé ces dernières années, c'est justement parce qu'on est incapables d'instaurer un rapport de force. Les multinationales ont le champ libre et vont épuiser les ressources jusqu'à la dernière goutte. C'est ça qui est en train de se passer !

— Relis l'histoire, lui répondit Marion. T'as vraiment envie qu'on reproduise un de ces bains de sang qui aboutissent au chaos ? C'est ça, la réalité de la violence, faut arrêter de fantasmer, là !

— Tu veux parler de la réalité ? intervint Benji. OK, alors dis-moi : si tu vois ton gamin traverser la route alors qu'une bagnole arrive à toute allure, est-ce que tu vas prendre une heure pour lui expliquer gentiment son erreur ou est-ce que tu l'attrapes par le col au risque de lui faire mal ? demanda-t-il. Pour les dirigeants, c'est pareil ! Si tu les laisses faire, ils continuent à accélérer droit dans le mur ! Il faut bloquer et casser la machine, bordel !"

Dans cette assemblée encline à défendre la paix et la non-violence, ses mots portaient, mais une chose restait certaine : on allait tout faire pour perturber, voire empêcher l'investiture, sans jamais recourir à la violence ni y répondre ! N'était-ce pas le moyen le plus clair de révéler la violence institutionnelle ?

Le mercredi 16 mai 2007, alors que les médias s'agitaient autour des étapes de cette journée qui marquait le début du mandat de Nicolas Sarkozy, la troupe survoltée se déversa dans la rue, organisée et déterminée. La parade artistique permanente des Arc-en-ciel se déploya avec un sentiment de puissance propre à ceux qui viennent de réaliser une aventure, un exploit, et savent que tout est donc possible. Ils slalomèrent entre les voitures en une double hélice, ADN multicolore et parfaite, puis se déployèrent soudain sur toute la largeur d'une grande artère, dessinant un râteau qui labourait le boulevard à contre-courant des voitures. Bientôt ils s'engouffrèrent dans le métro où le ramdam assourdissant de leurs instruments parcourut les couloirs et les rames comme le grondement d'un orage retenu par la fermeture automatique des portes, puis libéré à la station suivante. Dans les rues, les Parisiens étaient de plus en plus nombreux à l'approche de l'heure de l'investiture et de son point névralgique : les Champs-Élysées. Ils s'arrêtaient et regardaient passer cette procession accompagnée d'une chèvre, sans savoir s'il s'agissait de dévots de Krishna, d'un carnaval ou d'un mouvement new age exhumé des années 1970. Sur les places, la farandole euphorique et tribale offrait un tableau onirique qui se détachait des austères façades haussmanniennes et frappait le regard.

Derrière cette effervescence apparente, chacun connaissait son rôle, le programme de la journée et le parcours à suivre, avait en tête le circuit précis d'un autre cortège, celui du nouveau président de la République et le point de contact prévu, à quelques minutes près. Nicolas Sarkozy, après son passage à l'Élysée pour y rencontrer Jacques Chirac, devait rejoindre le président du Conseil constitutionnel qui allait signer le procès-verbal d'investiture du sixième président de la Cinquième République. Puis, en début d'après-midi, il devait remonter les Champs-Élysées et déposer une gerbe sur la tombe du soldat inconnu, sous l'Arc de Triomphe. Il prendrait ensuite la direction du bois de Boulogne pour rendre hommage à trente-cinq fusillés d'août 1944 à la veille de l'insurrection parisienne contre l'occupation nazie. "Mec, c'est pas la peine d'encenser les résistants si toi tu fais carpette devant les multinationales et les ultrariches ! fulmina Étienne comme s'il avait le président face à lui. Putain de béni-oui-oui collabo !"

Dès le milieu de matinée, la troupe approchait du centre-ville. Depuis plus d'une heure déjà, les gendarmes les suivaient, puis les accompagnaient et finalement les précédèrent. Une sorte de contrôle à distance respectable comme pour ne pas provoquer de débordement inutile. De plus en plus présents, les motards commencèrent néanmoins à barrer l'accès à quelques rues stratégiques. Progressivement les maracas et tambours accélérèrent leurs pulsations et les pas se pressèrent. À grands coups d'accélérateurs, les agents essayèrent de les contenir. Mais tel un animal sauvage, le cortège multicolore bondit, se faufila, courut suivant les indications, enchaîna les rues piétonnes, les passages étroits, surgit dans les grands magasins. Le groupe semait les motards, qui les retrouvaient et, après une heure et demie de progression à travers le labyrinthe, la troupe déboucha enfin au beau milieu des Champs-Élysées et se déploya dans la largeur, précédée et suivie de motards trop peu nombreux pour la disperser. Lorsqu'ils furent arrivés aux barrières qui coupaient l'accès au lieu de la cérémonie, l'un d'eux avisa un agent de sécurité plus isolé que les autres, qui tenait d'une main la barrière et de l'autre son talkie-walkie.

Trois participants lui expliquèrent avec leur meilleur sourire qu'ils représentaient les jeunes de l'UMP venus célébrer en couleur l'élection de leur mentor ! Entre-temps, d'autres cortèges en provenance de plusieurs quartiers de Paris s'étaient rejoints et la foule était de plus en plus compacte contre les barrières. Plusieurs caméras apparurent et bientôt les CRS encerclèrent la zone. À l'arrière-plan, Amandine reconnut les motards, semés une heure plus tôt, qui les suivaient depuis leur arrivée dans la capitale.

L'étau se resserra et l'agent de sécurité, après un bref échange radio, coupa brusquement la conversation et poussa de sa main libre le torse de son interlocuteur, qui perdit l'équilibre et s'affala. La baston démarra en une fraction de seconde. Une pluie de coups de matraque s'abattit sur la troupe, suffisamment experts pour être douloureux sans attirer l'attention des caméras qui avaient surgi alentour. Bientôt une vingtaine d'Arc-en-ciel – les meneurs et les plus combatifs – accrochés entre eux par les jambes, les pieds, appliquant leurs techniques d'autodéfense, furent traînés, poussés et canalisés entre deux rangées de CRS vers deux fourgons. Une fois les portes refermées, ils frappèrent de toutes leurs forces, provoquant un tumulte impressionnant. Dans la cellule du commissariat, leur colère s'amplifia encore : les Arc-en-ciel arrachèrent tout ce qui dépassait – faux plafonds, gaines électriques, etc. – jusqu'à ce qu'un agent vienne demander Waldo. Le jeune homme s'avança et le suivit.

Seul à seul, au calme dans un bureau, le ton de la conversation déstabilisa le jeune homme. L'agent s'adressa à lui posément, presque à voix basse, comme s'ils se connaissaient. Il fit référence à de nombreux détails qui avaient jalonné la Marche, ces derniers mois, sans que Waldo ne parvienne à comprendre comment il avait pu se procurer des informations aussi précises. L'activiste avait rencontré plusieurs chefs de brigade le long du périple, sans se faire arrêter, mais, manifestement, l'heure n'était plus à la conciliation : "Jeune homme, j'aimerais que vous vous rendiez compte que la situation vous dépasse et pourrait vous valoir une condamnation au pénal, expliqua le flic. Les Renseignements généraux vous ont identifié comme l'organisateur d'une Marche qui non seulement est illégale, mais aussi trouble l'ordre public, provoque des faits de violence, squatte des propriétés privées, et à laquelle participent des réfugiés sans-papiers et plusieurs mineurs dont – de fait – vous êtes responsable." Lorsque Waldo eut enfin la parole, il tâcha, comme il l'avait déjà fait au cours de la Marche, de désamorcer l'inquiétude des autorités, expliquant que l'organisation, en dépit des apparences, était structurée et se distinguait d'autres groupes venus semer la pagaille dans Paris. Avant que l'interrogatoire ne s'achève, l'agent quitta quelques minutes sa posture de parfait homme de loi et posa une question qui semblait l'intéresser à titre personnel : "Vous avez fait comment, exactement, pour venir ici à pied depuis les Pyrénées ?" demanda-t-il. Derrière sa tenue impeccable et cette vague odeur d'aftershave pointait une curiosité admirative qu'il ne parvint pas à dissimuler.

REFUS DE PARVENIR

Au terme de quelques heures de garde à vue, les activistes furent libérés et regagnèrent le squat de Pantin. Le soir, une soixantaine d'entre eux, affalés sur de vieux fauteuils éventrés, discutaient en écoutant trois excités qui, dans la cour, se défoulaient sur des didjéridoos et un djembé. "On est vraiment les seuls cons à marcher 1 000 kilomètres pour recevoir des coups de matraque à la ligne d'arrivée et avoir l'honneur de se faire enfermer dans un commissariat qui pue la pisse !" lança Amandine dans cette ambiance de fin d'expédition et de relâchement. Régulièrement depuis le matin, on serrait dans ses bras l'un ou l'autre qui, sac au dos, quittait le squat, souvent pour un retour à une vie prévisible et rythmée par les mornes contraintes du quotidien. Que resterait-il de tout ça ? Le souvenir d'une vie dehors, d'une soupe qui, chaque soir, chauffait dans le chaudron au-dessus du feu, des discussions interminables du cercle, des nuits à plus de cinquante sous la même yourte à la manière d'un mandala chaud à la respiration lente, des coups de main des habitants croisés sur le chemin, d'un cleptomane bipolaire qui jouait son rôle comme personne dans le groupe puis piquait dans la caisse pour aller au McDo en douce, des flics et des courses-poursuites dans les rues de Paris et, enfin, de cette douce impression d'accomplissement qui les enveloppait à présent. Dans ce flottement, entre célébration et morosité, certains ruminaient secrètement la contrariété d'un retour à la vie normale. Une culpabilité mêlée à l'attente secrète d'un moment de confort régressif avec quelques repas dignes de ce nom, une douche chaude et un vrai lit. Leurs esprits étaient déjà derrière la vitre du train, roulant vers la sécurité de la maison parentale, vers un job hypothétique ou vers les camarades de lutte retenus chez eux, qui auraient droit au récit détaillé. Pourtant, au sein du groupe, dans la même pièce, une poignée d'entre eux semblaient indifférents à cette mélancolie. Ils se projetaient vers la promesse qu'ils s'étaient faite à eux-mêmes en traversant les grands espaces de la campagne française : le retour en arrière était inenvisageable et cette fuite, née d'un voyage en pays navajo, de messages multimillénaires, d'alertes cosmiques, allait se poursuivre coûte que coûte.

La cavale de ces derniers mois avait convaincu Corinne, Amandine, Étienne et Waldo de continuer à rompre les liens de dépendance avec la société de consommation et de prendre le large. Cette expérience avait fini de réduire au silence la petite voix de la peur qui invitait chacun à revenir à une vie "normale", qui leur semblait une sorte de coquetterie bourgeoise avec ses signes extérieurs de conformité : un CDI, une vie de famille, l'achat d'un logement et tout ce que ce "projet de vie" pouvait drainer dans son sillage de petits compromis successifs aboutissant finalement à une soumission totale, à tailler la haie ou ranger son garage dans un pavillon de banlieue. Les quatre se marraient en imitant leurs parents qui mettaient à profit leurs rares minutes de liaison téléphonique pour les sermonner. “Je trouve ça bien, cette parenthèse de vie entre études et travail, mentait l’un d’entre eux, mais il y a une fin à tout, quand même !” insistait-il avec la certitude vacillante qu’au fond, ces mois d’inconfort, de galères, allaient enfin amener leur progéniture à quitter sa tenue arc-en-ciel pour enfiler une chemise et passer quelques entretiens. “Même pas en rêve !”

La musique s’arrêta et le calme enveloppa la petite assistance qui s’était assise autour des quatre. Étienne évoqua alors une histoire qu’il lisait le soir pendant la Marche : celle du navigateur Bernard Moitessier, à la fin des années 1960. “Imagine-toi que le mec est en tête d’une course autour du monde, en solitaire. Mais en voyant se profiler la ligne d’arrivée et le retour à la civilisation, il décide d’y renoncer pour continuer le voyage et fuir la société, expliqua-t-il. Alors – je te jure que c’est vrai – il écrit un message sur un bout de papier dans la cabine de son voilier, le roule autour d’un caillou et le jette au lance-pierre sur le pont d’un navire venu prendre de ses nouvelles au beau milieu de l’océan.” Étienne raconta ensuite comment Bernard Moitessier avait filé vers les mers du Sud, dans un élan sublime de résistance, d’humilité et d’ascétisme.

Comme lui, les quatre étaient portés par un vent d’urgence, de colère et de profonde insoumission. Désormais, ils poursuivraient le voyage, choisiraient un cap plus radical encore. Et, tout compte fait, un lance-pierre ferait bien l’affaire pour communiquer avec les pisse-froid et autres oiseaux de mauvais augure qui tenteraient d’entraver leur trajectoire.

SANS BOÎTE AUX LETTRES

Dans cette pièce du squat de Pantin dont certains ne parvenaient pas à s'extraire, l'énergie qui émanait de la conversation exerça son pouvoir d'attraction. Réunie autour du quartet arc-en-ciel, l'assistance toujours silencieuse et captivée voyait se dessiner le projet dont tous rêvaient. En écoutant, chacun se promettait d'organiser sa propre fuite vers le possible point de rendez-vous qui se profilait. Les quatre prévoyaient de rechercher un vallon coupé du monde, une clairière perdue où vivre "à la sauvage". Mais "pas à plus de 20 kilomètres d'une bonne déchetterie", avait insisté Waldo, pour en extraire les matériaux de construction nécessaires à l'édification de leurs abris, au mobilier de base et aux objets de première nécessité pour cuisiner, se laver et s'habiller. L'expérience de la Marche les avait définitivement préparés à franchir le cap d'un mode de vie en autonomie, déconnecté du système consumériste. Mais surtout, sur la Méridienne verte, Amandine et Waldo avaient entendu parler d'un vieil homme installé dans une cabane, au sud des Causses, au beau milieu de rien, dans la forêt.

Les quatre rentrèrent chez eux quelques jours après la fin de la Marche, pour une visite à leurs proches et leurs familles, souvent inquiets. D'autant que plusieurs reportages, dont un sur CNN, avaient montré les Arc-en-ciel au milieu de scènes de violence avec les forces de l'ordre aux Champs-Élysées. La bande s'octroya trois jours de relâche. De quoi reposer leurs organismes fatigués par les mauvaises nuits, les intempéries, l'hygiène sommaire, les 1 000 kilomètres, le jeûne et la confrontation avec les CRS qui avaient traîné leurs corps emmêlés sur l'asphalte. Après ce répit fait de douches chaudes et de vrais repas, le groupe grimpa à vélo la petite route depuis Saint-Géry jusqu'au col de la Fuvelle, si étroite que seuls des renfoncements, de loin en loin, permettaient à deux voitures de se croiser.

Culminant à 743 mètres d'altitude, l'endroit était de ceux que les rares touristes de passage ne jugeaient pas suffisamment spectaculaires pour s'y arrêter. Les cyclistes et les motards préféraient pousser jusqu'au col de Prémol, plus élevé et majestueux, situé à quelques encablures seulement. Les 10 kilomètres de lacets qui précédaient le col de la Fuvelle offraient pourtant de beaux panoramas après lesquels la vue se refermait. Les châtaigniers colonisaient les pentes nord battues par les vents et envahies de taillis peu engageants, tandis que le versant sud, dérobé aux regards, abrité des vents dominants, suivait une pente douce bien plus hospitalière. L'endroit était tapissé de feuilles mortes, de bogues de châtaignes, d'alliaires, de cèpes, de coulemelles. Il était gardé par les renards, les sangliers, les biches, les rouges-gorges, et par un vieil homme, un certain Jacques Dusserre, installé sur ce versant chaud, derrière les frondaisons de la forêt.

L'atmosphère mystérieuse, à la fois banale et vaguement hostile, de ce relief oublié, l'avait incité à édifier quelques cabanes rudimentaires où il vivait toute l'année, construites en bois et habillées de matériaux de récupérations aussi disparates que de la bâche de camion, des câbles, de vieux fauteuils de voiture ou encore des morceaux de tôle ondulée. C'était ainsi que Jacques Dusserre avait choisi de disparaître, sortant du GPS de ses amis et relations après une vie d'architecte parisien notable, passée à dessiner des parkings souterrains aussi bien que des maisons, des immeubles et des yachts. Car, au-delà de cette vie citadine, aisée et mondaine, d'un quotidien bourgeois et surmené, sourdait en lui une singularité longtemps enfouie. Lorsque Waldo, Amandine, Corinne et Étienne arrivèrent, l'exilé avait déjà soixante-douze ans et vivait là depuis huit ans.

Outre l'âpreté de cette survie en forêt, Jacques avait établi une sorte de refuge de fortune pour les exclus. De Saint-Géry jusqu'à Toulouse, l'adresse du camp se transmettait de bouche à oreille entre les patients des hôpitaux psychiatriques, les anciens détenus, les foyers hébergeant des SDF et les centres sociaux. Ce lieu sans boîte aux lettres, sans enseigne et sans équipe autre que le vieil homme accueillait des personnes précaires, des marginaux de tous horizons, mais surtout des jeunes en proie aux montagnes russes infligées par les troubles mentaux variés, souvent liés à la consommation de médicaments et de psychotropes. Tous étaient en quête d'un endroit où apaiser leurs esprits torturés, un lieu d'accueil à l'écart de l'agitation. Quelques militants écolos, rêvant de décroissance, de simplicité volontaire et d'isolement, arrivaient aussi régulièrement au col de la Fuvelle. Là, les règles étaient simples : Jacques avait tiré un câble électrique et un tuyau d'eau vers chaque cabane, qu'il approvisionnait gratuitement. Accueillant mais pas bavard, il donnait carte blanche à chacun et faisait confiance à cette petite communauté d'une quinzaine de personnes, censée cohabiter et s'autogérer dans cette immense clairière qu'un sentier d'un petit kilomètre ramenait à la route.

Mais Jacques se sentait désormais trop âgé pour assumer la situation de ce refuge, cet hôpital sans médecins, sans matériel ni infirmières, où l'alchimie de la bienveillance et de l'immersion dans un cadre sauvage ne suffisait pas toujours à calmer des crises graves. Parfois, le camp était au bord de la catastrophe et Jacques constatait qu'il avait besoin d'aide. Lorsque les quatre premiers Arc-en-ciel arrivèrent, ils trouvèrent un vieil homme des bois aux mains calleuses, au visage embroussaillé d'une belle barbe blanche, entourant un large sourire et un regard aux éclairs bleus d'une curiosité insatiable et d'une élégance naturelle. Ce berger retranché sur son alpage et refusant de redescendre l'hiver venu laissait apparaître derrière lui, lorsqu'il sortait de l'antre sombre de sa cabane, un nid fait d'un vieux fauteuil englouti au milieu de piles de livres. En arrivant là, les Arc-en-ciel ignoraient encore qu'ils resteraient cinq ans, sans jamais revenir sur leur décision de se passer d'argent et de RSA. Ils allaient connaître en ces lieux une des expériences les plus marquantes et décisives de toute leur existence.

CABANES

D'un naturel plutôt taiseux, Jacques fit pourtant bon accueil à la troupe, comme s'il attendait depuis longtemps ce quartet insolite. "Je commence à me sentir dépassé", leur avoua-t-il d'emblée, faisant allusion aux va-et-vient des jeunes marginaux qui débarquaient toujours plus nombreux. Bien sûr, ils trouvaient ici le répit qu'ils cherchaient, mais certains étaient carrément dangereux et menaçaient parfois les autres habitants des cabanes – y compris Jacques – par leur comportement imprévisible. "La semaine dernière, l'un d'entre eux m'a expliqué que des voix lui avaient ordonné de prendre ma voiture, expliqua le vieillard. Deux jours après, on est allé le chercher dans le fossé un peu plus bas sur la route… Je ne sais pas quoi faire quand ça tourne au vinaigre", avoua-t-il avec un voile dans le regard. Waldo en profita pour lui raconter les cinq étés qu'il avait passés à travailler comme animateur dans un centre accueillant des personnes porteuses d'un handicap mental. "J'étais responsable d'un groupe. Je les faisais chanter, danser, peindre. J'essayais aussi de les libérer quelque temps des médocs qu'on m'incitait à leur donner au moindre choc émotionnel. Je remplaçais la chimie par du sport, des activités en extérieur et des contacts avec les gens, du lien, raconta Waldo.

— Pas facile, le lien, commenta Jacques sobrement.

— Non, c'est sûr. Enfin, ça dépend comment tu vois les choses, poursuivit Waldo en jaugeant l'homme des bois. Moi, je pense qu'on cache les fous et qu'on les drogue pour les neutraliser au lieu de s'occuper d'eux pour de vrai et de chercher à les comprendre. Moi, j'avais envie de les emmener partout et de montrer leurs talents.

— Dans un centre fermé ? coupa Jacques.

— J'organisais des virées dans Genève, répondit Waldo. La grosse récré, quoi ! Je voulais les faire participer à tout ce dont ils étaient privés. On pénétrait dans les restos chics pour parler à tout le monde. Certains clients quittaient les lieux, d'autres nous félicitaient et nous invitaient à discuter. On s'est incrustés dans des pince-fesses genre vernissage ou inauguration officielle avec le maire et tous ses lèche-bottes. Notre seule présence foutait un bordel monstre. Dans la bande, il y avait quelques trisomiques. Ils montaient sur scène pour déclarer leur amour à l'assemblée. Après, on déboulait dans le centre-ville pour faire de grandes farandoles dans les rues piétonnes en chantant.

— Et les flics ?

— Bah, notre grande force, peut-être, comme toi ici, c'est qu'on n'appelle pas les flics pour arrêter des handicapés mentaux. Au moment d'appeler les condés, les mecs culpabilisent. Par contre, l'association responsable du centre était très en colère, sourit Waldo. Je me suis bien fait brasser ! Mais bon, c'est aussi moi qu'ils réveillaient pour rechercher les fugueurs dans les bois ou canaliser des mecs en crise qui faisaient deux têtes de plus et se défiguraient à force de se frapper avec leurs poings. Tu vois ce que je veux dire ?

— Ici, tu vas pas être dépaysé", conclut le vieux avec un sourire entendu et manifestement convaincu par ce qu'il venait d'entendre.

Lorsque Jacques fit avec eux le tour du bout de forêt qu'il leur proposait d'habiter, le rêve de maquis qui occupait leurs esprits depuis quelques semaines se heurta à la réalité. Les clairières et les bosquets étaient constellés de déchets de toutes tailles. Des morceaux de ferraille, de plastique, des chaises, des jouets, des vélos hors d'usage et autres ustensiles rouillés étaient éparpillés, comme si une tempête avait dévasté les lieux. Certains coins étaient de vrais dépotoirs. Mais ne s'en laissant pas conter, dès le lendemain, ils s'attelèrent au nettoyage en élevant de gros tas à plusieurs points stratégiques où accéder avec un véhicule et une remorque. Le soir, la troupe regarda silencieusement le résultat des efforts du jour : un petit carré propre qui ne faisait que rehausser les zones encore parsemées de déchets, à la manière d'un mur vétuste dont seule une portion était repeinte. "Faut choper des brouettes, des paires de gants, une remorque plus grande et appeler les autres pour organiser un vrai chantier participatif, lâcha Amandine encore en sueur, le regard balayant les buissons. Sinon, on va y passer des semaines."

L'hectare de forêt que le maître des lieux avait mis à la disposition des Arc-en-ciel se trouvait en retrait des cabanes des autres occupants et de la sienne, qui était isolée dans un repli de la montagne.

Amandine, Corinne, Étienne et Waldo arpentèrent leur parcelle encore vide de toute construction et imaginèrent progressivement l'organisation possible. Où créer un foyer pour cuire les aliments ? Où stocker le bois ? Quelle zone dédier à la culture des légumes ? Comment exploiter au mieux la gravité pour faire circuler l'eau jusqu'à la future salle de bains et la cuisine ? Fallait-il construire les cabanes en hauteur ou au sol ? "Demain, on va commencer à récupérer du matos à la déchetterie de Bellefont, expliquèrent-ils à Jacques le soir venu. Des planches, des solives, des poutres, des bâches et des tapis, lista Étienne…

— Vous avez des outils ? demanda le vieil homme.

— Les copains de Saint-Gé' nous prêtent deux visseuses, une perceuse, des marteaux, une grosse scie circulaire, une autre plus petite et une caisse avec les outils de base, répondit Étienne.

— On a du monde qui arrive en fin de semaine", ajouta Waldo comme pour rassurer le grand-père qui promenait sur eux l'un de ses regards énigmatiques.

Comme Jacques se contenta finalement de hocher la tête, Waldo saisit l'occasion pour dévoiler la vision qu'il brûlait de partager : "On va construire un village arc-en-ciel, où chaque cabane aura une couleur différente et où les objets à l'intérieur seront tous assortis à la construction. Dans la cabane jaune, tout sera jaune, et ainsi de suite avec les sept couleurs. Il faut que les visiteurs soient scotchés, qu'on les accueille sur la planète Arc-en-ciel ! On va les immerger dans un autre univers rempli de bonnes énergies. Ça va être magnifique !" conclut-il, satisfait de constater l'approbation silencieuse mais évidente de Jacques, qui s'imprégnait de cette ferveur débridée. Décidément, il admirait leur audace. N'avaient-ils pas traversé la France en tourbillonnant dans les couleurs de l'arc-en-ciel ? Dans l'esprit des quatre, la performance artistique allait continuer ! Le flot de couleur qui avait parcouru les chemins et les rues du pays se poursuivrait dans cette forêt. Les visiteurs seraient séduits par cette vision d'un lieu à part, hors du temps, des injonctions architecturales et vestimentaires.

La vision que Waldo avait du projet embrassait en réalité un horizon plus large encore. Ce camp serait "le repaire des Guerriers de l'arc-en-ciel", avait-il annoncé à ses trois amis. Une parenté invisible reliait, d'après lui, les bois du col de la Fuvelle avec un réseau d'autres lieux qui incluaient ceux des collectifs en lutte à travers la France, aussi bien que le pays navajo et d'autres endroits qu'il avait traversés, d'autres communautés qu'il avait rencontrées, en Europe, au Mexique et au Guatemala. Il entendait ici la voix apaisée et intemporelle de Leon Secatero, les incantations des pèlerins sous la tente de sudation et la prophétie des grands prêtres mayas. Comme souvent, son énergie de conviction entraîna le reste de la bande. La proposition de Waldo donnait à voir un paysage et une atmosphère qui achevèrent de galvaniser l'équipe. Alors que, partout sur la planète, l'air était saturé par la tension des inégalités entre riches et pauvres autant que par les gaz à effet de serre, le col de la Fuvelle deviendrait une oasis, un refuge au sein de ce désert, de ce chaos dépourvu de compassion.

BOIS, ÉLECTRICITÉ ET HUILE DE FRITURE

Une fois le nettoyage en partie achevé – et bien qu'il restât quelques îlots de saleté sur le terrain –, les travaux commencèrent par l'approvisionnement en eau potable. "Une source se trouve en bas du terrain, expliqua Jacques. Une pompe remonte l'eau jusqu'à cette citerne, décrivit-il en se tournant vers le sommet du col. De là, un réseau de conduites amène l'eau vers les cabanes. Vous n'avez qu'à tirer un tuyau vers votre coin." Lorsque la yourte, qui allait servir de pièce commune abritant les repas, les discussions et les veillées fut dressée, les Arc-en-ciel installèrent une citerne où allait s'accumuler l'eau pour boire et cuisiner. Le chantier suivant fut consacré à édifier les toilettes sèches et la cabane salle de bains, à une vingtaine de mètres de la yourte, légèrement en contrebas. Elle était alimentée par l'eau de pluie qui ruisselait de la bâche de toiture et remplissait une cuve équipée d'une petite pompe afin qu'elle soit remontée dans une citerne placée sur le toit de la cabane. Cette dernière contiendrait bientôt une baignoire et un lavabo récupérés à la déchetterie de Bellefont et un chauffe-eau à bois. Lorsque l'un des quatre l'allumerait, il préviendrait les autres afin de profiter au mieux des bassines d'eau chaude disponibles. Le poêle chaufferait à la fois l'eau et l'intérieur de la cabane qui deviendrait ainsi un endroit agréable pour se laver à la fin des longues journées de travail d'hiver.

Amandine, Corinne, Étienne et Waldo appréhendaient avec lucidité l'exposition aux intempéries et cette confrontation directe aux éléments qu'ils avaient expérimentés pendant la marche à travers la France. Ils entrevoyaient les limites de leur projet et mettaient un soin particulier à la construction de cette cabane salle de bains dont ils recouvrirent le sol de mosaïques récupérées aux tons ocre et blancs et où ils ajoutèrent le long des murs un bardage blanc. Un ami leur apporta bientôt une baignoire en fonte équipée d'un foyer où l'on pouvait allumer un feu pour chauffer l'eau. Elle servirait pour se laver, mais aussi pour la stérilisation des bocaux de conserves, en poussant le feu pour porter l'eau à ébullition. Enfin, en aval de la salle de bains et de la cuisine, Étienne creusa un système de phytoépuration qui permettait de renvoyer de l'eau propre dans le sol de la forêt.

Soucieuse d'acquérir la plus grande autonomie possible, la bande chercha ensuite une solution pour produire sa propre électricité. Ils en avaient besoin pour s'éclairer, brancher certains appareils de cuisine, leurs ordinateurs et recharger le téléphone portable commun dont la connexion capricieuse ne fonctionnait que sur le toit-terrasse d'une des cabanes. Jacques leur avait tiré un câble et installé une prise, mais ils souhaitaient peser le moins possible sur les dépenses du vieil homme. Ils tenaient aussi à réduire leur consommation énergétique et leur dépendance à un réseau essentiellement alimenté par des moyens de production désastreux pour l'environnement, qu'il s'agisse des énergies fossiles ou du nucléaire.

"J'ai entendu parler d'un groupe de motards bien barrés qui errent à travers l'Europe de l'Est, accompagnés par un camion où ils dorment le soir, expliqua un jour Étienne en rentrant de la déchetterie où se croisaient les récupérateurs des alentours. Ils vivent en vendant leurs services de tâcherons mécanos. Il paraît qu'ils ont été embauchés dans le démantèlement d'une usine d'où ils ont rapporté des dizaines de panneaux photovoltaïques. Le matos est entassé dans un entrepôt désaffecté en banlieue de Valence. Il faut juste faire le voyage et leur donner un petit billet." Une semaine plus tard, pour quelques dizaines d'euros, les Arc-en-ciel chargèrent deux panneaux de 4 mètres carrés produisant 350 watts chacun dans une remorque à destination du col. L'installation s'avéra compliquée, d'autant qu'il fallut encore trouver des batteries, mais au bout de quelques jours et de nombreux essais, leurs besoins quotidiens étaient couverts.

Pour réduire leur consommation d'électricité au strict nécessaire, le camp était devenu un insolite laboratoire à ciel ouvert de basses technologies *(low tech)*... et une succursale de la déchetterie. Waldo fixa laborieusement un pédalier – récupéré sur un vieux clou – à une machine à laver hors service et assembla ainsi un lave-linge à pédale où l'on pouvait bourrer une fois par semaine les hardes multicolores de la bande, qu'ils portaient aussi bien pour cuisiner, défricher, maçonner que pour descendre dans les bennes de la déchetterie. Amandine et Étienne construisirent un cuiseur solaire : une parabole recouverte d'aluminium qui réfléchissait les rayons du soleil et chauffait les plats. Corinne assembla un séchoir solaire dont le bas était un caisson noir vitré, où les rayons du soleil produisaient de la chaleur qui remontait dans un petit cube en bois où les récoltes (de champignons, fruits, etc.) séchaient sur des claies. Les aliments frais les moins périssables étaient, quant à eux, stockés dans une cave creusée dans le rocher de tuf. Ceux qui réclamaient davantage de froid étaient rangés dans un frigo africain : une grosse amphore en terre cuite à double paroi entre lesquelles du sable régulièrement humidifié avec l'eau froide de la source gardait la fraîcheur. Aux beaux jours, lorsque les températures montaient, le système ne suffisant pas à conserver les aliments frais, les Arc-en-ciel réparèrent un minifrigo, puis le branchèrent dans la cuisine sur les panneaux solaires. Lorsque l'hiver arriva, ce fut de chaleur qu'ils eurent besoin. Pour eux-mêmes, mais aussi pour faire sécher les vêtements. Les quatre isolèrent la yourte commune et installèrent un poêle entouré de briques réfractaires – pour stocker la chaleur – et alimenté par le bois sec glané dans la forêt. Au moment de se coucher, chacun emmenait l'une de ces briques de terre cuite. De fait, leurs cabanes individuelles n'abritaient aucune forme de chauffage autre que des couettes que l'on entassait sur soi lorsque, au lever du jour, le gel s'immisçait jusqu'à l'intérieur.

La literie se fondait dans un flot de matières colorées, toutes assemblées manuellement, qui, tapissant chaque cabane et accrochées dehors, sous les feuillages des arbres, était pour Corinne la source intarissable d'une énergie fraîche. Nombre de pièces avaient été cousues par ses soins, mais ce qu'elle ressentait était bien plus profond qu'une forme quelconque d'autosatisfaction. Ce bain permanent de textures et de couleurs, ces trames si agréables au toucher prolongeaient l'exaltation qui était la sienne lorsqu'elle fabriquait les tentures, les draps, les patchworks et parfois les vêtements qui contribuaient à la magie des lieux. Les heures passées derrière la vieille machine à coudre à pédale ravivaient ses sens, aiguisaient sa perception, lui donnaient accès à un état de concentration pure qu'elle parvenait à atteindre sans réellement le chercher, au rythme du va-et-vient lancinant de l'aiguille, quand d'autres n'y accédaient qu'après des heures de méditation. Extraite du flot de ses pensées, elle se tenait sur la berge d'un fleuve arc-en-ciel dont la caresse sur le bois de sa vieille Singer produisait un chant naturel qui progressivement mettait à distance toute autre réalité. Le seul contact de cette machine, dont le lourd mécanisme ne l'avait jamais trahie, lui suffisait à calmer les battements de son cœur et à mobiliser son attention. L'aiguille courait le long d'étoffes qui avaient été d'abord récupérées, finement triées pour ne garder que celles qui traverseraient le temps, puis lavées et découpées avec de grands ciseaux, pour venir enfin ruisseler en cascade sur la machine qui ne tournait que grâce à la pression cadencée de ses pieds sur la pédale et à la force transmise vers l'aiguille par une courroie de cuir. Un mécanisme dont l'épure et la fiabilité absolue séduisaient immédiatement !

Satisfaire leurs besoins de base avec des moyens aussi économes et efficaces que cette bonne vieille Singer était devenu une obsession, une course permanente en quête de la meilleure solution. Pourtant, un problème restait insoluble : celui des déplacements. Bien sûr, la possibilité de se passer de voiture avait été explorée. Mais les trajets étaient alors une véritable galère avec les 400 à 500 mètres de dénivelé à avaler à chaque allée et venue. Les Arc-en-ciel se heurtaient à cet obstacle quasiment incontournable et ne pouvaient ainsi réduire les dépenses, la consommation de ressources et les émissions de carbone de cette vie au bout du monde. La troupe tourna et retourna la situation dans tous les sens sans parvenir à supprimer ce besoin, à trouver comment se priver de la vieille 305SR break qu'ils avaient en commun. Avec ses 250 000 kilomètres au compteur, elle roulait toujours.

Dans le réseau des activistes qui avaient suivi la Marche, l'un d'entre eux, de passage au camp, proposa de leur montrer comment transformer le moteur pour obtenir une voiture en bicarburation, qui pourrait donc consommer de l'huile de friture. Une transformation illégale, mais "on s'en branle !" avait tranché Étienne, et le mec avait été accueilli comme le messie. Séance tenante, on s'était précipité vers le moteur pour voir ça de plus près, puis entamer les travaux (nettoyer les injecteurs et monter un réchauffeur sur le filtre à carburant) qui s'étaient prolongés dans une sorte d'euphorie, si bien qu'on avait allègrement sauté le déjeuner. Le lendemain, après quelques ratés, le moteur toussa et produisit finalement le bruit stable d'un engin prêt à avaler les kilomètres, fût-ce dans les pentes du col de la Fuvelle et ailleurs sur les Causses. Les quatre prirent alors leurs habitudes chez les restaurateurs de Saint-Géry qui, sourire en coin, leur donnaient leurs bidons d'huiles usagées. Dans les bois, entre deux cabanes, était installé un atelier de filtrage avec de grands bouts de tissus tendus au-dessus d'une série de bassines :

l'huile passait plusieurs fois dans les filtres avant d'être versée dans le réservoir du véhicule. Le premier trajet à l'huile de friture fut une expérience jubilatoire pour la troupe, trop heureuse de s'affranchir du passage à la station essence. Chaque nouveau plein était vécu comme une petite victoire sur le capitalisme et la pollution. Et dans son sillage, la 305 répandait une odeur de baraque à frites et de fête foraine. La liberté, la vraie !

CEUX DE LA VALLÉE

Bricoler sous le soleil ou dans le froid, circuler sur les sentiers qui mènent d'une cabane à l'autre pour rejoindre la cuisine ou les toilettes sèches, s'éloigner du camp pour aller cueillir des châtaignes ou collecter du bois sec, fumer et discuter près du feu, à l'heure où la lumière et la température baissent : Amandine, Étienne, Corinne et Waldo étaient soumis aux intempéries, au même titre que les sangliers, les chevreuils, les lapins et les bergeronnettes qui partageaient ce coin de forêt avec eux. Attentifs à ne pas laisser la météo dicter le rythme de leurs travaux, ils reprenaient chaque matin les tâches laissées la veille, empilant les vestes en hiver ou cherchant une zone ombragée en période de canicule. Seule la pluie rendait toute activité impossible.

Amandine aimait pourtant particulièrement ces journées où le camp se figeait. À l'abri d'un auvent, allongée dans un hamac avec une couverture, elle écoutait grossir l'averse, distinguait chaque ruissellement qui s'amplifiait, sentait l'odeur de la pluie qui montait des feuilles mortes tapissant le sol calcaire où se dessinaient des rigoles. Par quel mystère les gens préféraient-ils le ciel sans nuages ? Le bruit de la pluie sur les feuillages et les bâches des cabanes, la lumière particulière sous la chape du ciel sombre instillaient, à mesure que les minutes passaient et que ses pensées s'effilochaient, un profond apaisement dans chaque partie de son corps. Ce calme complet, cette contemplation imposée et sans partage valaient tout l'or du monde ! Lorsque la situation se prolongeait plusieurs jours, Amandine attrapait l'un après l'autre les livres gondolés par l'humidité qu'elle dévorait sans autre interruption que l'appel de ses amis pour préparer le repas. Puis soudain, le soleil revenait, la terre ressuyait et le travail reprenait sur les chapeaux de roues, comme ces week-ends où toute la bande descendait au marché.

Chaque samedi, l'équipe se levait à 4 heures, se préparait et s'entassait dans la voiture dont le faisceau des phares sillonnait la montagne en direction de Saint-Géry, à trois quarts d'heure de route du col, pour y être à 5 heures 30. Une fois sur place, chacun rejoignait l'un des producteurs locaux qui venaient eux aussi d'arriver : maraîchers, fromagers, boulangers, brasseurs et autres artisans. Dans la demi-obscurité, ils les aidaient à déballer et installer les tréteaux, les cagettes et les barnums. Le coup de main était gratuit et surtout destiné à garder le contact avec "ceux de la vallée". Le samedi, comme les Arc-en-ciel, les autres habitants des montagnes alentour descendaient pour se retrouver, échanger des nouvelles, se prêter des outils et du matériel agricole, faire appel aux bonnes volontés pour un chantier collectif, inviter chacun à un concert ou un banquet dans une grange.

Mais ce matin, ils se concentraient sur la mise en place, sans perdre de temps, indifférents à la pâleur de l'aube qui pointait comme aux lampadaires qui s'éteignaient. Les quatre aidés par Bernard, Séverine et quelques autres ne ménageaient pas leurs efforts et les commerçants acceptaient bien volontiers le coup de main, se sachant libres de donner ou non quelque chose en échange. Ainsi, chaque semaine, la voiture repartait remplie de produits frais, que les marchands avaient mis de côté pour eux, et d'aliments secs : farine, huile, pain, fromage, etc. Des réserves que les Arc-en-ciel stockaient et cuisinaient en complément de leurs récoltes saisonnières : châtaignes, cynorhodon, pissenlit, ail des ours. Parfois, le dimanche, après une grasse matinée, la bande s'accordait une virée du côté de Sète où ils avaient repéré un coin pour récolter des algues qui, une fois séchées, complétaient les plats. La cuisine était organisée autour des ingrédients cueillis et récupérés qui permettaient de se nourrir toute l'année : salades sauvages de jeunes pousses au printemps, légumes farcis et tartes aux fruits en été, gratins de potimarron, châtaignes à l'automne et soupes du marché en hiver. Le tout était accompagné de grosses miches de pain complet, conservées sous un torchon humide, ainsi que de crêpes et galettes que l'on cuisinait toute l'année faute d'acheter des pâtes.

Au col de la Fuvelle, les jours et les mois filaient ainsi à toute allure. Amandine, Étienne, Corinne et Waldo étaient dévorés par leur quête : réussir une vie autonome sans argent, suffisamment stable et joyeuse pour donner envie à d'autres de quitter le navire du capitalisme. Le rythme de leurs progrès suivait la courbe des impératifs. Certains chantiers s'arrêtaient parfois pendant un ou deux mois, le temps que d'autres, plus urgents, se terminent, que des amis soient disponibles ou que l'on trouve enfin les matériaux dont on avait besoin dans les bennes de la déchetterie. Ils devaient parfois s'absenter des semaines entières pour participer à un chantier collectif. Les Causses ne manquaient pas de ces vallons reclus où l'on pouvait vivre à l'abri du monde. Certains rachetaient de vieilles fermes menaçant ruine faute de repreneur, d'autres rassemblaient plusieurs familles et occupaient une ancienne colonie à l'abandon. On trouvait parfois un terrain sur lequel réunir plusieurs yourtes, des caravanes améliorées et des maisonnettes roulantes, le tout formant un hameau insolite, une sorte de bivouac. Mais quelle que soit la direction prise, tous se lançaient dans des chantiers parfois longs à faire peur. Sachant qu'un jour ou l'autre, une escouade de camions apparaîtraient au bout du chemin, chargés à bloc de ce que la région comptait de potes partants pour bricoler et faire la fête. Ces coups de main collectifs accomplissaient parfois des miracles : en quelques jours, les murs se dressaient, les toitures se recouvraient de tuiles et les cloisons se paraient de toiles d'araignées de câbles électriques. Les travaux avançaient, ponctués de banquets où, dans la semi-obscurité d'un feu allumé dans un vieux baril métallique, le temps s'étirait. Aux chantiers, certains préféraient les travaux agricoles, au moment des récoltes notamment, ou encore la logistique d'un festival alternatif ou d'une manifestation dans les rues de Nîmes ou Montpellier. Parfois, les appels à l'entraide pleuvaient. On partait pour un coup de main d'une journée pour ne revenir qu'une semaine plus tard.

Les Arc-en-ciel rentraient régulièrement de ces virées avec une nouvelle idée, un conseil avisé pour résoudre une panne ou un contact pour démêler une situation délicate. Ils revenaient parfois avec un engin prêté, mais plus souvent encore accompagnés d'une dizaine de paires de bras dont certains étaient familiers des lieux et d'autres arrivaient là pour la première fois. Avant même que l'essentiel des travaux soit achevé, le col de la Fuvelle était devenu un point de ralliement au milieu de ce réseau local de communautés alternatives, sept cabanes teintées aux couleurs de l'arc-en-ciel, de l'extérieur jusqu'au moindre objet à l'intérieur, d'où émanait une aura particulière. Les copains de passage déambulaient avec leurs enfants dans ce village secret, sorti d'un roman de science-fiction new age. Le frigidaire africain, le lave-linge à pédale, les panneaux et le séchoir solaires, la baignoire en fonte suscitaient la curiosité. Au crépuscule, on se réunissait sur la terrasse qui prolongeait la yourte commune, telle une jetée transperçant le couvert végétal et surplombant la vallée.

Les curieux qui découvraient le village pour la première fois cherchaient à comprendre comment quatre doux dingues pouvaient se nourrir, se loger, se déplacer, se divertir et, en somme, vivre heureux dans les bois sans revenu ni aide sociale. Car la vie au col de la Fuvelle ne ressemblait à aucun des récits d'exil, de retour à la nature ou de survie qu'ils avaient pu lire, voir ou entendre. Les Arc-en-ciel n'étaient ni Henry David Thoreau dressant une comptabilité des morceaux de bois et des clous nécessaires à la construction de sa cabane près de l'étang de Walden (Massachusetts), ni Sylvain Tesson alternant en Asie centrale ou en Sibérie les journées de marche harassantes, les bivouacs et les cuites sévères à chaque rencontre avec la civilisation, pas plus que Christopher McCandless aux prises avec une nature impitoyable, abrité sous une carcasse de bus au fin fond de l'Alaska, ni même Edward Abbey seul au milieu du désert de l'Utah. Du reste, aucun des membres de ce groupe ne nourrissait le moindre fantasme de survie solitaire en pleine nature et encore moins celui de l'autosuffisance.

ATTABLÉS

Sur la place du marché, Le Marsu était un café associatif d'où s'échappaient tour à tour des éclats de voix, l'écho de débats interminables, des chants, des cris d'enfants, un conte parfois déclamé dans le silence et qui, portes ouvertes, gagnait la rue. Quelle que soit l'humeur des lieux, le gros du contingent de clients débarquait à l'heure du déjeuner, sachant qu'ils pourraient manger et boire pour presque rien, voire gratuitement. Des familles modestes, des SDF, des vieux qui habitaient seuls, des migrants auxquels on avait ouvert un local à quelques rues de là, des habitants huppés du centre-ville et bien sûr les néoruraux et autres alternatifs des vallées alentour, tous venaient s'attabler devant ces repas. Certains clients ne donnaient rien et d'autres plusieurs dizaines d'euros. Bon an mal an, les plus aisés payaient la note des plus pauvres et les comptes de l'association étaient à l'équilibre. Comme la bande comptait parmi elle l'ancienne épouse d'un alcoolique, on ne servait ici aucun alcool. Du reste, on pouvait y passer la journée entière sans forcément consommer ni dépenser. Les enfants entraient là au même titre que les adultes. En ces lieux leur étaient proposées des activités artistiques, des malles à jouets, la possibilité de faire de la musique, d'assister à des concerts et, à certaines heures où le café était calme, de suivre gratuitement des cours de soutien. Ils évoluaient parmi ces objets récupérés, dépareillés, usés et pleins d'une harmonie spontanée, indescriptible et organique.

Amandine, Corinne, Waldo et Étienne s'étaient vite impliqués au Marsu, et cela dès le retour de la Marche du vivant. Ils tenaient et animaient régulièrement l'auberge avec quelques autres. Chaque samedi, une fois les étalages des commerçants installés, ils s'occupaient de la mise en place de la terrasse et s'affairaient ensuite à la préparation des cafés qu'ils servaient aux clients, mais aussi aux commerçants encore sur le marché.

Un matin, un couple de touristes attendait à une table depuis un moment. Au milieu des enfants qui leur tournaient autour comme des mouches, des adultes qui se retrouvaient et parlaient fort après une longue semaine dans la montagne, le couple de retraités pressés, en tenue de randonnée et lunettes de soleil, s'impatientait ostensiblement et grimaçait. Bientôt, Amandine, qui avait observé leur manège, les rejoignit, essuya la table, les salua et, avec un calme de bouddha, leur expliqua : "Ici, tout le monde est bénévole. Pas de bénéfices, pas de patrons, pas de privilégiés, tout le monde est à la même enseigne. OK ? Chacun vient chercher son verre au bar, débarrasse, balaye et veille au grain. Bon, qu'est-ce que vous buvez ?" enchaîna-t-elle avec un large sourire face à leurs mines décontenancées.

TRAMES VERTICALES

Dans son camp du col de la Fuvelle, Jacques appréciait le bouillonnement qui s'était emparé des lieux depuis l'installation des Arc-en-ciel, plus de trois ans auparavant. Pour les égarés qui continuaient d'affluer, ce chantier permanent et le passage des groupes d'activistes des vallées voisines étaient un bain rassurant où diluer un temps leurs angoisses, soulager leurs souffrances, apaiser les tensions et douleurs du sevrage. Ils parcouraient les 300 mètres de forêts qui les séparaient du porche en bois multicolore qui matérialisait l'entrée du village de cabanes et engageaient la discussion avec ces artistes qui, dans leurs tenues improbables, calmaient et rassuraient les malades les plus torturés.

Amar était là depuis quatre mois. Il saluait à la cantonade, attrapait un tabouret, essuyait avec sa manche les gouttes de rosée stagnant sur l'assise, choisissait un endroit plat, asseyait là ses 85 kilos avec précaution et, de ses yeux gonflés, observait le manège du village. Bercé par le bruit régulier des outils, des échanges et des vannes qui fusaient, il fumait tranquillement. Parfois, il aidait Corinne à la préparation des bocaux de conserves et des repas ou Étienne qui rapiéçait une bâche de toiture percée du haut d'une échelle. "C'est bon, reste en bas, Amar, je m'en sors", lui lançait-t-il, conscient du risque s'il grimpait outils à la main. Alors Amar dérivait à travers le camp et commençait une conversation avec Waldo qui, absorbé par l'écran de l'ordinateur, levait le nez et écoutait une de ses innombrables histoires de naufrage. Toutes avaient cette trame verticale qui, inlassablement, allait de mal en pis, de séparations en licenciements, de sevrages en rechutes, de faux espoirs en déceptions, et irrésistiblement conduisaient vers les voies sans issue des services sociaux et les abysses de la misère. "Avant d'atterrir ici, je dormais dans ma voiture, tu vois. Ça a duré jusqu'à ce que trois bicraves décident de me mettre sur la gueule. Ils m'ont sorti de la caisse, roué de coups et pété l'arcade sourcilière." Waldo ferma le clapet du portable. "Le lendemain, les condés ont débarqué en m'expliquant que le voisinage s'était plaint parce que j'étais alcoolique… Alors que – La Mecque ! – j'ai jamais bu une goutte, mon frère ! Puis ils m'ont foutu la paix… Mais deux semaines après, ces gros bolos sont revenus à cinq cette fois. Ils étaient défoncés. Ils ont d'abord éclaté les phares et m'ont pris les clés, qu'ils ont jetées dans le caniveau. La hess, mon frère ! Et ils sont repartis, les fils de putes. Là, j'ai traversé toute la ville à pied pour rejoindre l'hôpital d'où je m'étais barré quelques semaines avant. À l'hosto, il y a cette puanteur de désinfectant, de médocs – tu vois ce que je veux dire. J'avais la gerbe, et ils ont voulu augmenter mes comprimés. C'est là qu'un jeune en fauteuil m'a parlé du col de la Fuvelle. Il aurait voulu y retourner mais il était estropié : il était tombé sur les rails du tram à Montpellier. Dylan, tu vois qui c'est ?"

Un soir du mois de mars, Olivier gara son camion en lisière de forêt avec pour projet de sentir un peu l'ambiance qui régnait là. Le jour de son arrivée, il remonta d'abord lentement le sentier qui serpentait entre le col et le camp. Étienne et Waldo, arrivant d'un bon pas et en grande conversation, arrêtés net dans leur élan, découvrirent l'Ariégeois : un colosse d'un mètre quatre-vingt-dix, un peu voûté, tout en épaisseur et en force tranquille, vêtu d'un short, sans chaussures et dont les pieds nus, larges et musculeux semblaient ancrés dans le sol. Des soirs entiers, Jacques et les Arc-en-ciel écoutèrent par bribes le parcours et la situation d'Olivier : ses années passées dans un ashram en Inde, sa maîtrise du travail du bois et du cuir qu'il pratiquait avec une concentration presque religieuse, son RSA, sa vie épurée à l'extrême et son aversion pour des mots tels que "objectif", "planning" ou "projet" qui, lorsqu'il les prononçait avec affectation, ressemblaient à ces vocables plus ou moins branchés, dignes d'un service marketing. Pourtant, derrière une apparente réticence à s'engager, il passa deux années à se rendre utile avec une discrétion de moine : "faire sans dire" semblait être sa devise. À l'inverse de nombreux visiteurs qui se disaient bouleversés par la visite du camp mais ne faisaient finalement que passer, il dressa son tipi au bout de dix jours. Arbre parmi ceux de la forêt, il se tint là, discret, calme et disponible pour faire avancer les chantiers de Jacques et des Arc-en-ciel, pour écouter sans ciller les histoires alambiquées des cabossés et, en peu de mots, les rassurer. Puis, un matin, deux ans après son arrivée, alors que les beaux jours revenaient, il démonta tranquillement son tipi, salua tout le monde sans grande effusion et repartit comme il était venu. Il laissa derrière lui quelques heures de tristesse et un vide aussi profond que son empathie et son efficacité discrète – l'impression pour ceux qui restaient d'être passés à côté de quelque chose.

Plus tard arriva Hubert, un vieillard dont la mobylette et sa petite remorque peinèrent à parcourir les derniers kilomètres de la D29. Sa 103SP le portait depuis une vingtaine d'années d'un bourg à l'autre. De sa remorque il extrayait sa guitare et jouait quelques heures de classique avec une virtuosité digne des grandes salles parisiennes et une expression éthérée qui impressionnait les badauds et calmait un temps la paranoïa qui le rongeait. Au col de la Fuvelle, caché sous le couvert végétal des châtaigniers et des chênes verts, rassuré par le visage buriné et broussailleux de Jacques et par les chants qui s'élevaient régulièrement du camp des Arc-en-ciel au chaud dans sa cabane, Hubert se sentit enfin à l'abri de ses démons. La tête sur l'oreiller, pour la première fois, il fermait les yeux sans redouter qu'une de ces terreurs tapies sous ses paupières ne surgisse au milieu de la nuit, le réveillant dans un hurlement effroyable. À soixante-huit ans, Hubert en paraissait quatre-vingts, mais il était enfin calme, apaisé et ne repartirait plus.

Au gré des arrivées et des départs, la vie au col de la Fuvelle était un précipité instable, une réaction chimique en cours, évoluant de jour en jour selon les substances ajoutées ou retranchées, toujours intense, imprévisible et hors de contrôle. La part de folie douce qui rendait possible l'existence de cette communauté hétéroclite, de ce refuge accueillant, émanait de l'esprit en ébullition du plus discret des habitants du bois : Jacques Dusserre. À la fois fédérateur et sauvage, Jacques se déplaçait peu à travers le camp et économisait sa voix qui semblait rester coincée dans sa gorge. Fasciné par saint François d'Assise et sa recherche de pauvreté absolue, il avait payé au prix fort sa révélation, le changement de vie qui l'avait amené sans transition de son vaste appartement des beaux quartiers parisiens à une expérience de survie en milieu rural et l'avait éloigné de sa famille.

On racontait toutes sortes d'histoires sur ce bourgeois qui avait donné presque tout à des associations et parfois à des inconnus, comme ce navigateur à qui il avait offert son voilier sur un coup de tête. Qui était cet homme étrange vers qui convergeaient les paumés des quatre coins du département pour gravir la montagne au-dessus du village ? Partageait-il avec ces gens une part de folie ? Surdoué, hypersensible, perfectionniste, excessif, discret, aussi sauvage que généreux, il était, depuis sa révélation, obsédé par le suicide en cours de l'humanité, par les inégalités abyssales, obnubilé par la mer de misère qui engloutissait le monde tandis que l'hyperconsommation et le gaspillage s'intensifiaient. Quinze ans après avoir quitté son appartement où le personnel assurait le ménage et s'occupait des enfants, il était vêtu d'un vieux pull troué et bourrait sa pipe à l'entrée d'une cabane de fortune, à l'image de celles qui sont installées sous les ponts du périphérique. Il se voyait pourtant encore comme un privilégié, était rongé de culpabilité et voulait faire davantage. Il rationnait son bois, sa nourriture et toutes ses consommations. Sa cabane était la plus petite et la moins meublée de toutes : un poêle, une table, un lit, un poste radio, le tout parsemé de livres d'où dépassaient d'innombrables marque-pages cornés témoignant d'une sensibilité et d'une curiosité dévorante, d'un appétit de savoir et d'un tourment permanent.

Ce mélange de quête intellectuelle, de culpabilité et d'engagement illimité qui le laissait sans repos fut aisément décrypté par la perception aiguë d'un pervers narcissique qui, au gré de ses humeurs sinusoïdales, s'était transformé en psychopathe. Jacques, puis l'ensemble des habitants du camp, allaient subir la violence de cet individu effroyable d'intelligence et de folie dissimulée.

MONOCHROME

À vingt-neuf ans, Samuel souffrait d'"impulsivité psychique et comportementale" selon son dossier médical qui précisait aussi qu'il était "incapable d'empathie pour autrui, indifférent aux conséquences de ses comportements" et qu'il "ne connaissait ni remords ni culpabilité". À cela s'ajoutait un "dérèglement de l'humeur" : autrement dit, Samuel passait d'états d'exaltation vertigineux à de profondes dépressions rythmées par des crises d'angoisse. Lecteur assidu, passionné de religion, d'art et de science, puits de culture, il savait se mettre en avant avec une discrétion subtile. Orfèvre de la dissimulation et du mensonge, son rapport aux autres oscillait entre séduction et menace, dans un enrobage de bienveillance feinte qui faisait de lui l'ami, le frère, le collègue le plus toxique qui soit. Pris en charge depuis quatre ans, il était au CHU de Toulouse quand il décida de quitter les lieux, en novembre 2011, pour venir s'installer au col de la Fuvelle.

Dès les premières heures sur place, entendre de jeunes illuminés affublés comme des saltimbanques lui expliquer les règles du lieu l'exaspéra. Il n'en dit rien et cacha derrière un sourire crispé le ressentiment qui l'envahissait à chaque échange avec eux.

Pendant trois semaines, il rumina secrètement sa frustration. Il jugeait que cette “bande de bras cassés” ne méritait pas un débat avec lui. Samuel préféra l'idée de leur porter un coup qu'il voulait sans appel ni seconde chance possible et qu'il administrerait sans sommation. Il prépara minutieusement son plan puis, deux semaines après son arrivée, le mit à exécution, tissant patiemment sa toile.

Il confia d'abord à Jacques sa fascination pour la Sainte Vierge. Comme l'avait supposé Samuel, la résonance avec la foi du maître des lieux fut immédiate et le vieillard but ses paroles. Les deux hommes se parlaient des heures durant, mêlaient leurs rêves, leurs croyances, leurs espoirs, leurs révoltes, partageaient leurs peurs, dans une conversation-fleuve indifférente à l'heure, au jour et à la nuit. Ainsi Samuel montra-t-il une écoute et une empathie infinies. Il sondait, fouillait et s'appropriait patiemment chaque ramification de l'esprit de son interlocuteur. Plusieurs jours de tête-à-tête s'écoulèrent, entrecoupés de repas vite préparés et de nuits courtes. Bientôt Jacques prit une décision : les cabanes du camp seraient toutes repeintes en bleu pour rendre hommage à la Sainte Vierge. Redoutable, Samuel perçut le moment où il maîtrisait suffisamment sa proie pour en venir au fait : il l'exhorta à renvoyer les Arc-en-ciel et leur diablerie mystique multicolore. Ils devaient quitter les lieux, professa-t-il. La proposition sonna aux oreilles de Jacques comme une révélation qu'il accepta aussitôt.

Le groupe était là depuis plus de quatre ans quand Jacques leur annonça la décision sans avoir l'air de bien saisir la portée de ses mots. Ils attendirent quelques jours, le temps qu'il reprenne ses esprits.

Ils le connaissaient bien et vivaient dans une affection et un respect mutuels depuis le début, quelles que soient les épreuves et sautes d'humeur de part et d'autre. Une longue discussion fut d'abord nécessaire aux Arc-en-ciel pour remémorer à Jacques chaque étape de leur relation ainsi que le travail effectué depuis leur arrivée, et finalement mettre à distance l'emprise de Samuel. Il apparut à Jacques après quelques nuits de bon sommeil que ses propos avaient été déplacés. Il constata aussi, non sans soulagement, que Corinne, Amandine, Waldo et Étienne avaient été heurtés et inquiets, mais n'avaient jamais douté de leur hôte et ami. Un flot de souvenirs le traversa où il revit la bande des quatre et tous leurs camarades ne cessant de s'échiner, ne comptant pas les heures passées à l'installation d'un réseau d'évacuation pour les cabanes, à nettoyer le col, à accompagner les malades de passage tout en maintenant une atmosphère sécurisante. Jacques se souvenait aussi de ce jour où il avait dû trouver refuge chez eux pour se protéger d'un nouvel arrivant en pleine crise de manque et qui voulait, sous prétexte que l'alcool et les produits lui étaient interdits dans le camp, lui "casser la tête".

En dépit de leur réconciliation, cet épisode laissa une trace. La volonté du groupe s'émoussa, le ciel sembla un peu plus bas, les heures plus longues et l'air plus lourd dans ce bois qui, derrière sa tonalité de nature sauvage enviée par les copains de passage, abritait plus que jamais un huis clos parfois oppressant, tel un hôpital psychiatrique. De son côté, Samuel, ivre d'une colère froide et rentrée, allait recourir à un plan B plus expéditif encore et, pensa-t-il, définitif.

Bientôt les fêtes de Noël apportèrent un souffle d'air sur le camp : à cette occasion, l'essentiel des occupants quittaient généralement le col de la Fuvelle pour aller passer quelques jours en famille, dans la chaleur rassurante d'une maison. Une pause bienvenue au milieu de cet hiver particulier. Waldo tarda à quitter les lieux et pensait être quasiment seul le 23 décembre 2012. Près du poêle, il rédigeait un courrier quand Samuel fit irruption, le regard halluciné, un couteau à la main. Waldo parvint à engager la conversation et bientôt à le désarmer par surprise. Après un instant de silence, Samuel adressa à Waldo un regard de sidération, comme s'il découvrait la situation. Puis il se leva sans empressement et s'en alla. Waldo réunit quelques affaires puis sortit, contourna le camp avec prudence jusqu'à la voiture garée en lisière de forêt. Il démarra et quitta les lieux.

Samuel ne réapparut jamais. Mais l'atmosphère délétère continua d'imprégner ce coin de forêt isolé. Jacques resta prostré quelque temps, sans parvenir à évacuer les questions qui tournaient inlassablement en lui : les psychotiques de passage étaient-ils plus agressifs qu'avant ? Ou bien était-ce la société autour, en cette fin d'année 2012 qui dérivait vers la violence ? Cette alerte était de mauvais augure, Jacques en avait l'intuition et redoutait un glissement, craignant que les répliques suivantes soient plus graves, d'autant que l'ambiance dans la région était tendue. La voix du transistor qui semblait régner sur le fourbi qui occupait son antre racontait la dégradation générale de la situation. L'animateur de France Bleu, dans sa rétrospective de l'année écoulée, rappela notamment l'un des événements locaux marquants : le parcours macabre du tueur au scooter. L'enquête sur l'attentat de Mohamed Merah n'était pas terminée. Les prémonitions du vieil homme allaient se vérifier.

VOL STATIONNAIRE

Deux mois plus tard, un couple d'amis, accompagnés de leurs enfants, rendait visite aux Arc-en-ciel. Ils venaient de passer la matinée à visiter des maisons dans les hameaux alentour avec le projet de venir s'installer à proximité du col de la Fuvelle. Cette journée de février 2013, telle une coulée de lumière, avait dissipé la brume accrochée depuis plusieurs semaines aux branches poisseuses des chênes, semant l'espoir d'un printemps précoce. Sous un soleil tiède, la végétation sourdait ses promesses de renaissance. Le toit-terrasse proche de la yourte ressemblait à un plongeoir géant au bout duquel on pourrait presque se jeter dans une canopée moutonnante.

Peu après la fin du repas de midi, un vrombissement, d'abord lointain, s'amplifia progressivement. La main en visière, les enfants aperçurent l'hélicoptère de l'armée qui piqua droit sur le col et vint faire un vol stationnaire, une quinzaine de mètres au-dessus des cabanes arc-en-ciel. Puis il descendit, réduisant la distance qui le séparait de la cime des arbres. Le déferlement sonore et le déplacement de masses d'air provoqués par les pales du rotor précipitèrent tous les habitants du col hors de leurs cabanes.

À cet instant, l'adjudant Berthelon, sécurisé par un baudrier, assis au bord de l'habitacle, les pieds appuyés sur le patin de l'hélicoptère, fut satisfait : l'œil dans le viseur de son réflex numérique, il avait une vue imprenable sur l'ensemble des cabanes arc-en-ciel. Le plaisir esthétique fit alors une incursion inattendue dans l'esprit concentré de ce passionné de reportage. Dans le civil, l'adjudant se piquait de photographie. L'espace d'un instant, le long article d'un magazine de voyage lui revint en mémoire : l'hélicoptère du photographe Ricardo Stuckert alors qu'il survolait la forêt amazonienne, au Brésil, avait été dérouté par un orage. L'homme aperçut soudain un village d'Autochtones qui ne figurait sur aucune carte, totalement coupé du monde. Ces gens apparurent dans son objectif, membres d'une tribu dont on ne connaissait alors presque rien. Lorsque le pilote tenta de se rapprocher, les hommes décochèrent leurs flèches en direction de l'hélicoptère. Les photos de Ricardo Stuckert firent le tour du monde et, plus tard, on baptisa cette communauté celle des "Indiens isolés du cours supérieur de la rivière Humaitá".

L'adjudant tentait de chasser cette pensée fugace pour se concentrer, quand autre chose attira son attention : depuis l'hélicoptère, non seulement les sept cabanes évoquaient un mandala parfait aux couleurs de l'arc-en-ciel, mais les habitants qui – à la manière des Autochtones – tournaient un visage sidéré vers le ciel étaient eux aussi habillés des sept couleurs caractéristiques…

Officiellement, durant les mois qui avaient suivi les tueries de Toulouse, l'armée survolait les lieux susceptibles de cacher voire d'entraîner des terroristes.

Les gendarmes multipliaient les visites dans les communautés alternatives : squats, fermes collectives isolées, hameaux de yourtes et de cabanes, etc. En coulisse, la préfecture s'appuyait en réalité sur l'émotion suscitée par les attentats de Toulouse pour se débarrasser de certains lieux regroupant les militants anticapitalistes. C'était l'occasion d'éloigner ces agitateurs décroissants. Les gendarmes locaux avaient quant à eux une perception plus fine qui dépassait les informations des dossiers des Renseignements généraux, pourtant bien documentés depuis la Marche du vivant. Mais le préfet de l'Aveyron, lui, aurait aimé que le territoire fût "plus clean". En privé, cette question le faisait sortir de ses gonds : "Putain, ces espèces de parasites gauchistes m'exaspèrent ! lâcha-t-il un jour devant son équipe. On va nettoyer la zone !" poursuivit-il en regardant les petites épingles qui parsemaient les couleurs de la carte IGN de son bureau. La préfecture écrivait régulièrement à Jacques. Des courriers habituellement de pure forme et jamais suivis d'effets, d'autant que la plupart des cabanes avaient été acceptées par l'administration quelques années auparavant, il y avait donc prescription. C'était écrit noir sur blanc. Mais désormais les bureaux de la préfecture prétendirent que le dossier s'était égaré. Le ton avait changé, l'étau se resserrait.

Après réception des photographies adressées par Berthelon, les autorités, persuadées que ce coin de forêt abritait beaucoup plus d'individus que la petite vingtaine estimée, se mobilisèrent encore davantage. Les bois étaient parsemés d'une myriade de cabanes qui contenaient sûrement plusieurs habitants chacune. Le préfet avait le sentiment que quelque chose demeurait hors de contrôle. Face à la pression, Jacques aussi avait changé de ton dans ses réponses. Son âge et ses années de vie en forêt avaient acéré son langage et il parlait sans détour : "Je ne quitterai jamais les cabanes ! Vos bulldozers peuvent me passer dessus, je ne bougerai pas !" écrivit-il au préfet, dans son style le plus lapidaire, d'un crayon rageur, sur la table installée devant sa hutte au soleil. Puis, histoire de tromper les repérages aériens, il entreprit de dissimuler la toiture de ses cabanes avec des tissus à motif camouflage.

Quelques semaines après le passage de l'hélicoptère, la préfecture décida de mettre ses menaces à exécution. Ses agents convoquèrent les services sociaux, l'Office national des forêts, les édiles locaux et un contingent de gendarmerie à la mesure de la centaine d'activistes, de malades mentaux et de fous dangereux que le préfet pensait débusquer. Engoncé dans un manteau et le visage masqué de larges lunettes noires en ce jour maussade et brumeux, grisé par l'impressionnante escouade de véhicules de gendarmerie rassemblés, mais fébrile, les traits tendus, le préfet donna le signal du départ. Le cortège de voitures s'engagea bientôt dans les lacets du col de la Fuvelle.

PIÉGÉS

Une fois les moteurs éteints, les portières claquèrent et les gendarmes pénétrèrent dans la forêt, suivis par le reste du groupe, en file indienne. Après quelques minutes, les premiers aperçurent quatre silhouettes colorées. En observant de loin l'allure des jeunes, le préfet – fatigué par une mauvaise nuit et sur les nerfs – s'imagina furtivement la situation en train de dégénérer : la ZAD du col de la Fuvelle, les barricades le long de la route, les activistes rappliquant des quatre coins de l'Europe et, dans les médias, son visage blafard, sa posture de soldat docile jouant ce mélange de fermeté et de sérénité qu'on attendait de lui, les mots détachés, le verbe froid et sans faille. "Vivement ce soir", conclut-il pour lui-même, levant les yeux par intermittence de ses chaussures déjà maculées de boue vers les quatre espèces de Martiens. "Les Arc-en-ciel, putain, mais quelle idée !"

Ce matin-là, Corinne avait rendez-vous chez le dentiste et Étienne, Amandine et Waldo en profitaient pour aller à Saint-Géry. Les quatre marchaient vers la voiture. Silencieux, ils suivaient distraitement le sentier, occupés par les pensées d'une matinée banale, lorsqu'ils entendirent les portières, des voix et des rires forcés, assourdis par les feuillages et la brume. Quelques civils avaient été "invités" (convoqués, en réalité) pour l'occasion, histoire de faire nombre : des élus locaux, l'ONF, les services sociaux. Dûment cornaqués par le préfet, ils alimentaient une conversation dont l'unique intérêt était de dissimuler la gêne de se retrouver associés à cette démonstration de force qui ressemblait à un raid d'intimidation plutôt qu'à la "visite de terrain" évoquée au téléphone par la voix caressante de l'assistante du préfet quelques jours plus tôt. Quand Corinne, Étienne, Amandine et Waldo s'arrêtèrent, 200 mètres les séparaient des premiers uniformes. Ils mirent chacun quelques instants à prendre la mesure de ce qui arrivait. "C'est mort", grommela finalement Waldo tandis que l'adjudant Berthelon réduisait pas à pas la distance entre eux.

Les deux groupes se jaugèrent. Les Arc-en-ciel connaissaient l'adjudant Berthelon, plutôt loyal jusqu'à présent. Il se dirigea vers eux. D'abord le flic hésita à leur serrer la main, puis en fut dissuadé par un échange de regards glacials qui statua silencieusement la trahison. Plus habitués à des confrontations collectives avec des forces de l'ordre anonymes, les quatre se sentaient acculés par la situation et en piètre position au fond de ces bois, seuls et sans effectifs ni possibilité de retraite. À vrai dire, la motivation manquait aussi. Leurs dernières réflexions s'étaient conclues par un bilan peu reluisant : ils avaient consacré des mois de travail à des équipements qui ne leur appartiendraient jamais – Jacques ne souhaitait pas vendre ni céder ce coin de montagne. Ils remarquaient aussi que leur présence finissait par accroître la pression des autorités sur le propriétaire des lieux, ce qu'ils ne voulaient pas.

Bien sûr, cet endroit hors du temps, hors de tout, avait favorisé la sédentarisation des Arc-en-ciel, mais il était clair qu'ils ne pouvaient s'y enraciner. De toute façon, d'autres horizons germaient déjà dans leurs esprits. Ils le savaient et, d'un regard, décidèrent de retourner les choses. Après des salutations minimales et tendues, ils prirent la direction des cabanes, entraînant dans leur sillage les flics, les maires, le préfet et tout le reste du groupe. Bientôt ils accélérèrent le pas pour se mettre à l'abri des oreilles indiscrètes et préparer la suite. "De toute façon, on est niqués, résuma Waldo. Donc puisqu'ils veulent visiter le camp, autant montrer le travail qu'on a fait et leur en mettre une bonne couche sur la crise écologique", proposa-t-il aux autres, qui acquiescèrent. En arrivant vers les cabanes, suivis par le cortège une centaine de mètres derrière eux, les quatre décidèrent que chacun pourrait s'occuper d'une partie du groupe. Cette répartition permettrait des discussions en petits comités plus à même de convaincre chacun de l'utilité de leur action au col de la Fuvelle. Au détour du sentier, les gendarmes jetèrent un regard furtif vers la cabane de Jacques mais l'ignorèrent volontairement, décidés à se concentrer sur la cible du jour.

VERDICT

Au milieu de cette matinée grise et humide, les cabanes arc-en-ciel se détachèrent de la brume. Cette apparition produisit sur la délégation de fonctionnaires, de flics et d'élus cet effet insolite que les habitants du col avaient si souvent constaté sur les amis de passage : un soudain lâcher-prise. Plusieurs conversations démarrèrent, suscitant l'intérêt des gendarmes comme des civils qui, tous, emboîtèrent le pas des élus, d'une cabane à l'autre, dans un joyeux désordre, sous le regard courroucé du préfet. Un flot de questions s'ensuivit, sortant largement du cadre prévu par le représentant de l'État. Ceux qui se piquaient d'écologie s'étaient d'abord arrêtés sur le fonctionnement de ce camp presque intégralement autosuffisant. Ils étaient fascinés par le four solaire, la récupération d'eau de pluie, la machine à laver à pédale, les habitations en matériaux de récupération, les panneaux qui fournissaient l'électricité, le frigo artisanal, le séchoir… Tous, y compris ceux qui ne connaissaient pas encore les Arc-en-ciel, comprirent en fin de compte à quel genre de citoyens ils avaient à faire, leur engagement social, leur expérience de simplicité volontaire, de résilience, leur vision de l'éducation populaire, et furent conquis par l'aventure de ce collectif. Comme saisis, ils comprirent que cette communauté – présentée par les autorités comme une nuisance à gommer du paysage – ne coûtait rien à l'État, mais s'avérait d'utilité publique pour le territoire. L'animation d'un café associatif et l'accueil de cas sociaux qui s'échappaient d'un système de santé en perdition n'étaient-ils pas des actions d'intérêt général ? Un abîme séparait manifestement la description fournie par la préfecture et la réalité.

D'abord seul, puis passant d'un groupe à l'autre où il glissait une oreille discrète, le préfet affichait une moue sceptique et exaspérée, comprenant qu'il avait définitivement perdu son public. Vexé que la faiblesse de son autorité s'affichât ainsi en présence de cette bande d'hirsutes en sarouel, il resta en retrait quelques minutes encore, le temps de choisir sa proie. Il fit alors quelques pas et se posta derrière le responsable de l'ONF duquel il tapota l'épaule. Ce dernier peina d'abord à dissimuler la frustration de couper court à sa conversation avant de comprendre tout à fait la situation. Le représentant de l'État montra alors du doigt tour à tour les câbles électriques qui couraient dans la boue et les constructions dangereusement perchées dans les arbres. Il cracha alors une série de petites phrases qui firent entendre une sorte de persiflage exaspéré : "Ça, c'est pas possible ! Non mais, ça, c'est pas possible !" Le responsable de l'ONF, pris à témoin bien malgré lui, hochait la tête et suivait l'officiel d'une cabane à l'autre, cherchant du regard une possible échappée, en vain.

Alors que les quatre groupes se promenaient chacun dans un coin du camp, absorbés par cette visite,

Amandine dut remonter à la yourte, chercher son agenda pour prendre rendez-vous avec l'adjointe au maire de la commune voisine qui souhaitait que le groupe organise un atelier sur la cuisine des plantes sauvages à l'école du village et une intervention en conseil municipal pour se présenter. En passant, Amandine observa le préfet, à l'écart et dos tourné, la main crispée sur son portable. Il aboya soudain si fort que, instantanément, le volume des conversations baissa d'un cran. "M'enfin, vous êtes où, là ? Non mais vous croyez qu'on fait une visite de courtoisie ?" Comme aimantés, trois gendarmes s'extirpèrent d'une des cabanes, suivis de quatre autres qui déboulèrent sur le sentier. Sans transition, tout le monde avait saisi le message et se rassembla autour du préfet qui, fixant la cime d'un arbre, attendait le silence comme un maître d'école. Il ménagea ses effets et s'adressa aux occupants des lieux. "Messieurs, mesdemoiselles. Je comprends bien, euh… votre passion, euh… pour la nature… Mais ces constructions sont illégales et ne respectent pas les normes, déclara-t-il, rythmant ses phrases de sa main droite, pouce et index joints, dans un geste de précision. Vous n'imaginez pas ce que cette, euh… installation électrique fait courir comme risque. C'est absolument en dehors des normes en vigueur ! Sans parler des risques d'incendie, n'est-ce pas, M. Monnier ? termina-t-il en tournant la tête à la recherche du représentant de l'ONF, en vain. Ces constructions que nous venons de visiter doivent être démontées dans les prochains mois, annonça-t-il. Et les gendarmes viendront régulièrement suivre l'avancée du chantier de démantèlement." Sur le chemin du retour vers les véhicules, en retrait du groupe, Waldo s'entendit avec l'adjudant Berthelon pour un étalement des délais, que le flic accepta dans un demi-sourire.

DISSONANCE NOCTURNE

La bande des quatre avait hésité à se rebeller frontalement contre la destruction de leurs cabanes. À mobiliser tous les réseaux auxquels ils étaient liés. Plusieurs centaines d'entre eux, venus des Causses et de la France entière, étaient passés par le camp à l'occasion de chantiers participatifs, de fêtes ou de simples rendez-vous. L'histoire du col de la Fuvelle, ces quatre années de vie dans la forêt, circulait à travers le réseau des lieux alternatifs et serait sans nul doute une cause fédératrice. Mais Amandine, Waldo, Étienne et Corinne avaient un autre plan en tête, qui ne sauverait pas le village de cabanes arc-en-ciel mais soulèverait un mouvement d'envergure en faveur de tous ceux qui voulaient vivre librement, en autonomie, dans les bois ou n'importe où ailleurs ! Le préfet ne se doutait pas que le délai qu'il leur accordait allait leur permettre non seulement de troquer cette base arrière précaire contre un solide bastion au cœur même de la ville mais aussi, avant cela, de préparer une action de nature à accélérer l'essaimage des communautés autogérées sur les Causses et partout sur le territoire en propageant des alternatives au capitalisme.

En ce printemps 2013, ils échafaudèrent un projet suffisamment grisant pour leur faire oublier que d'ici quelques mois ils n'auraient plus de toit. L'idée avait germé dans le brouhaha d'un festival réunissant à deux pas de Toulouse toute la faune des alternos du secteur. Cette nuit-là, les quatre observaient autour d'eux les méandres de buveurs et de danseurs qui s'écoulaient entre le bar, la piste de danse, les pissotières et une zone de repos couverte de canapés fabriqués avec des palettes. Ils partageaient leurs impressions et s'amusaient des conversations qui surnageaient dans le flot sonore déversé par de hautes enceintes. Autour d'eux roulaient ces habituelles discussions pleines de ferveur sur les thèmes de la reconnexion à la nature, des stratégies de rupture avec le système et de décroissance.

La dissonance manifeste entre les aspirations de ces festivaliers et le contexte leur sautait aux yeux. Chacun était "bagué" comme un poulet en batterie par un bracelet acheté à l'entrée et tenait un verre estampillé d'une marque de bière industrielle. Tous étaient sous l'emprise d'un DJ choisi par la production auquel on verserait un cachet indécent. L'ensemble était vendu enrobé d'une esthétique pseudo-ésotérique, chamanique et tribale pour attirer du monde. En périphérie du bar, des bungalows permettaient de se faire tatouer, d'avoir une conversation avec un gourou de pacotille, de subir un massage tantrique ou d'acheter des pierres énergisantes…

Quelques jours plus tard, avec d'autres amis, ils se remémoraient cette soirée et s'imaginaient prendre le contre-pied absolu de ce type de fête : un événement à prix libre, autogéré, alimenté par des panneaux solaires, nourri par une cuisine au feu de bois, 100 % végétale et locale, une sorte de fête de l'éducation populaire, mélange de militantisme, de chants, de danses entre personnes de tous âges, de célébrations en symbiose avec la nature et sans alcool. Sur le coup, l'image de cet éden suscita un crescendo de suggestions loufoques plus ou moins caricaturales, et une série de fous rires chaque fois que quelqu'un ajoutait un épisode au feuilleton. Le décalage était si grand avec ce que le marché des festivals offrait. "Moi, je propose qu'on organise une action de libération des teufeurs, pouffa Étienne. D'abord, on sabote la sono à 15 000 watts en mode commando. Ensuite, on débranche les lasers, les images fractales et les projos. Puis on remplace tout ça par un grand feu, au milieu d'un cercle avec des milliers de gens qui jouent de la musique et qui chantent en permanence. Ça ferait du bien à tout le monde !

— Et là, on appelle les esprits de la Terre-Mère…" compléta Amandine. Ils se marraient en imaginant la réaction des gens, mais leur excitation n'était pas seulement due à la cocasserie des scènes. "On a qu'à le faire ! On peut organiser notre propre festival !" les défia soudain Waldo, verbalisant ce à quoi tout le monde avait pensé, sans oser vraiment le formuler. "Qu'est-ce qu'on risque ? Hein ?"

VISION SUR LA LANDE

Ce soir-là, la mécanique qui précipitait périodiquement le collectif dans la réalisation de chimères se remit en route. Dans le noir, surplombés par le balancement des houppiers, les Arc-en-ciel imaginèrent à grands traits un rassemblement sur une lande, loin de la civilisation. "Les gens vont vivre huit jours à l'état originel, comme une grande tribu de la Terre, commença Waldo, dans un immense site sauvage où chacun plantera sa tente, son chapiteau, son camp, apprendra l'artisanat, la sculpture, la forge et ramassera des plantes sauvages pour la cuisine collective. On se retrouvera tous ensemble le soir pour danser et chanter au son de musiques des peuples racines ou participer à des séances de yoga géantes…

— On devrait faire de ce rassemblement une sorte de QG éphémère pour les ONG qui protègent les terres de la spéculation et des OGM, les associations paysannes, les passionnés d'autonomie, les autoconstructeurs de maisons écologiques, de cuiseurs solaires, lista Étienne. De quoi montrer que des alternatives existent pour changer de paradigme, se passer de supermarchés et en finir avec les chantiers d'autoroutes et tous ces mégaprojets de merde.

Le festival pourrait être un appel à l'unité, une sorte de convergence ! s'enflamma-t-il.

— OK, mais ça serait aussi une occasion pour les communautés de se voir, intervint Amandine. Sans compter ceux qui cherchent un écolieu où atterrir. Il faudrait des points de rendez-vous et de discussions pour eux. Et puis organiser des ateliers pour apprendre à se soigner avec la naturopathie, faire du pain, cuisiner végétarien ou reproduire des semences anciennes…

— Pour faire tout ça, on a intérêt à responsabiliser les gens. Si on commence à les prendre par la main, on est foutus ! déclara Waldo. En fait, il faudrait leur faire bien comprendre qu'ils sont à la fois acteurs et spectateurs. Ils seront obligés de coopérer, de faire connaissance, d'animer, de cuisiner et de prendre des décisions ensemble ! Il faut que ce soit autogéré." Waldo détestait l'instinct grégaire qui se dégageait de certains événements.

Plus tard dans la nuit vinrent les questions concrètes. "Organiser un événement, c'est inciter des milliers de gens à prendre leur voiture pour se déplacer, nuança Corinne. Faudrait créer un solide système de covoiturage. On doit montrer que c'est possible de faire mieux que ces festivals qui engloutissent des tonnes de gigawatts, de bidoche industrielle et inondent la nature de techno et de stroboscopes en se donnant bonne conscience avec des écocups. Nous, on va faire la totale : utiliser des cuiseurs solaires et des fours à bois économes, cuisiner sans viande ni laitages, et chacun fera sa vaisselle. Sur la scène, pas de sono, et on projette un éclairage minimal pour pouvoir l'alimenter avec des panneaux ou un générateur à l'huile de friture."

Un long silence chargé d'excitation suivit. Chacun se calmait en écoutant la nuit. "Une fête digne des Guerriers de l'arc-en-ciel et de leurs plus grands rassemblements", pensa Waldo tandis que chacun rejoignait son lit. Dès les jours suivants, les quatre décrivirent en quelques phrases à tous leurs amis ces huit jours comme un nouveau départ, l'occasion de constituer une communauté alternative, un monde étendu sur plusieurs dizaines d'hectares, une microsociété qui déciderait de s'affranchir du système. L'appel fut aussitôt envoyé à tous leurs contacts et relayé. Beaucoup répondirent presque instantanément : les propositions affluèrent. Bientôt, un lieu et une date se dessinèrent.

FOULE ET MÉGALITHES

Le causse du Quernac, à quelques kilomètres au sud de Saint-Géry, se résumait à une étendue désertique où le regard portait à l'infini, ne rencontrant que quelques bosquets d'une végétation maigre, écrasée par l'immensité, parsemée de pierres. À l'arrière-plan un cirque de hautes falaises accentuait l'isolement de ces grands espaces, encore renforcé par la présence d'un canyon en contrebas : les gorges de Fontaube. De ce paysage de landes, de steppes arides, de maquis, d'éboulis et de résineux survolé par l'aigle royal et le circaète émanait une force ramenant le moindre humain égaré à sa condition de minuscule être vivant, fragile et dépendant. Au milieu, on se sentait tout à la fois microscopique et rempli de l'énergie cosmique de ce ciel grand ouvert. Telles des divinités, d'énormes mégalithes, une vingtaine de dolmens et une cinquantaine de menhirs veillaient sur ce désert et rappelaient que d'autres, avant les Arc-en-ciel, avaient été attirés par ces lieux : des crânes avaient été retrouvés dans une grotte préhistorique restée close pendant plus de cinq mille ans.

Amandine, Corinne, Étienne et Waldo imaginaient aisément les villages de tentes se former ici et les jours s'écouler, rythmés par de grands cercles de discussion, les chants et les danses, la contemplation, les ateliers de toutes sortes, la vie quotidienne, les repas, les nuits à la belle étoile sous cette voûte infinie. Ce lieu était prédestiné au festival qui se préparait, baptisé Le Chant de la Terre. Mais comment transmettre l'énergie que suscitait la perspective de ce rassemblement ? Comment communiquer ce que l'on ressentait en ces lieux, dont la seule visite était une expérience spirituelle digne du pays navajo ? Comment décrire dans un simple e-mail cette sensation de connexion au Grand Tout ? La conviction des Arc-en-ciel, comme un trop-plein d'impatience, les poussa à employer tous les mots, les moyens et les relais possibles pour convaincre les alternatifs de France et d'Europe d'affluer vers l'événement.

La préparation battait son plein au cours de l'été 2013, à l'ombre des arbres du col de la Fuvelle, avec en ligne de mire la date du 24 août, qui marquerait le début de ce rassemblement d'une semaine. À ce stade, le quartet arc-en-ciel passait du doute à l'entrain, ne sachant si quelques dizaines ou quelques centaines de gens allaient s'acheminer vers le causse du Quernac ou si les festivaliers seraient encore plus nombreux. À quelques jours de l'événement, le ciel se couvrit. Les quatre s'inquiétèrent. Dans la yourte, rivé au clavier, Étienne se connectait aux réseaux sociaux, répondait aux questions pratiques des internautes, relançait les traînards qui ne relayaient pas l'info, puis il dormait quelques heures avant de rejoindre les autres pour organiser la logistique de base. Soixante-douze heures avant l'ouverture, le cercle des fidèles, une vingtaine, tous habillés aux couleurs de l'arc-en-ciel, se démenaient sur le site pour que les arrivants soient à leur tour saisis par cette vision de l'étendue désertique plantée de quelques magnifiques chapiteaux.

Le 24 août, le collectif, dans un état second, assista au cours de la matinée au défilé des arrivants – une colonne ininterrompue sur le chemin reliant le parking et le causse – qui ne se terminerait qu'une semaine plus tard. Les cohortes de visiteurs étaient organisées, autonomes. À part quelques éternels parasites qui se comportaient comme s'ils étaient dans un parc d'attractions, tous s'impliquèrent dans les différentes tâches en cours. Autour des infrastructures basiques installées par les Arc-en-ciel se dressa en quelques heures un village éphémère, une forêt de tentes, de tipis, de cabanes, de stands, de panneaux, de banderoles et de constructions, certaines géantes. Le tout s'organisait en quartiers articulés à la manière d'une petite ville étalée sur plusieurs hectares et entourée par le désert. Au total, plus de quinze mille personnes vinrent s'installer ou simplement séjourner. Cette microsociété autogérée s'adonnait à une expérience d'intelligence collective où chacun participait à gérer les dérapages comme à nourrir les animations et participer aux corvées.

Comme dans ces foires à thème mêlant écologie pratique, spiritualité et développement personnel, les inévitables imposteurs étaient de la partie, naturopathes autoproclamés, psys du dimanche, gourous avides de confessions, danseurs reproduisant le mouvement des planètes, nutritionnistes décharnés obsédés par le jeûne et les légumineuses. L'accueil inconditionnel auquel s'engageait l'organisation donnait une chance à tous et offrait un public, parfois pour le pire, mais souvent aussi pour révéler le génie de personnalités sensibles à l'engagement radical qui se manifestait alors : responsables associatifs aguerris, scientifiques alarmés, musiciens virtuoses, maîtres vénérables en médecine chinoise... L'événement attirait aussi quelques-uns des meilleurs lanceurs d'alerte, dont certains arrivaient de Toulouse, Nîmes et Montpellier et d'autres de la région parisienne. Du genre à mêler efficacité coup de poing et discrétion. Du genre aussi à ne jamais révéler leurs noms de famille dont, le cas échéant, ils effaçaient la moindre trace des réseaux sociaux, des blogs et autres sites.

L'un d'entre eux était venu recruter des candidats à de prochaines actions de blocage menées contre ce qu'il nommait les "grands projets inutiles" : constructions de fermes usines, de stades géants, de zones commerciales en pleine campagne, de complexes touristiques ou d'autoroutes. L'idée était de donner une formation rapide qui permette à chacun de s'intégrer à l'une de ces opérations. Les participants découvrirent alors que ces actions faisaient l'objet de repérages minutieux, d'une évaluation des risques, d'une stratégie millimétrée. Chacun avait un rôle dans l'organisation du théâtre des opérations, sans rien laisser au hasard. Les groupes et les ONG qui menaient ces actions pesaient ensuite chaque mot des messages transmis à la presse ou publiés sur les réseaux sociaux. La communication était le centre même de ces actions. "Pour éviter les fuites, seule l'équipe de coordination dispose de toutes les données, expliqua le formateur. Les autres participants – c'est-à-dire vous – ne connaissent ni le lieu ni le détail de l'action jusqu'au dernier moment." S'ensuivit un débat sur le niveau d'intervention : fallait-il être violent ou non ? Fallait-il, pour empêcher un chantier, saboter le matériel ou simplement bloquer et manifester ? "D'abord, on dit pas « saboter », coupa le formateur. On dit « désarmer ». « Saboter », c'est un terme qui te range forcément du mauvais côté. Tu sabotes, donc tu es vu comme celui qui est violent. Alors que la violence vient d'abord de ces chantiers imposés aux citoyens et aux écosystèmes. Le mot « saboter » ne dit rien des intentions bénéfiques qui motivent ton action. En revanche, « désarmer », ça veut dire détruire les armes responsables de la crise écologique. Là, on comprend mieux, non ?"

Ces moments d'apprentissage, de transmission ou d'expression artistique se déroulaient à l'ombre de grandes tentes au plus fort de la chaleur. Puis la fin de ces activités coïncidait avec ces heures attendues où le soleil, amorçant sa descente, allonge les ombres. S'ouvraient alors de longues plages de contemplation et de fête dont l'intensité montait progressivement, sans exultation, à-coups ni explosion sonore. Cette fine nappe de sérénité se teintait d'une transe subtile qui émanait des chants, des danses, des vibrations profondes des didjéridoos, des fréquences graves d'une contrebasse et des ondes des tambours chamaniques. Le public venait chercher là cet état de plénitude trop souvent confondu avec le plaisir ou l'émotion fugaces.

Les jours avaient filé comme le vent sur le causse du Quernac. Les Arc-en-ciel, à la fois immergés et surmenés par l'organisation, n'étaient réellement sortis de cette période qu'une fois le site désert. Au cours des minutes et des heures de silence qui suivirent, chacun mesura la réussite de ce pari insensé.

Parvenir à vivre ensemble, aussi nombreux, dans des conditions spartiates, suscita en retour une question : “Si c’est possible huit jours, pourquoi pas plus longtemps ?” demanda Bénévent, l’un des participants, en conclusion d’un SMS-fleuve envoyé quelques jours après son retour à Alès, qu’Amandine lut à la cantonade. “Pourquoi ne pas créer une grande communauté et s’installer pour de bon ? On pourrait vivre comme ça, non ?” La question plongea la bande dans un profond silence alors même qu’il ne restait que quelques mois aux Arc-en-ciel pour quitter le col de la Fuvelle et trouver un autre lieu de vie.

LÉGERS

Dans le centre de Saint-Géry, l'usine de collants de la famille Tagnac faisait la pluie et le beau temps avec ses cent quatre-vingts salariés et des dizaines de sous-traitants, mais à la fin des années 1990, la concurrence chinoise anéantit le marché en un rien de temps. "Ça fait quatre ans que je n'ai pas augmenté mes prix, se plaignait le propriétaire dans la presse locale. Depuis l'arrivée des concurrents asiatiques, je paie la matière première au prix de produits finis venus de Chine !" Le patron décida alors de délocaliser sa production en Afrique du Nord et en Europe de l'Est et, en 2000, la filiale aveyronnaise fut finalement mise en liquidation. Les teinturiers, les bonnetiers et les confectionneuses qui avaient passé leur vie entière sous ce toit de verre ne tardèrent pas à occuper l'usine, sans pouvoir empêcher la fermeture qui mit fin aux derniers espoirs et poussa tout le monde sur le trottoir. Depuis, le bâtiment de 3 500 mètres carrés restait un monument familier duquel certains s'attendaient encore à voir sortir les équipes, alors que la lourde porte métallique restait désormais bloquée par un épais cadenas. Treize ans plus tard, les intempéries avaient terminé le travail commencé par les liquidateurs et autres huissiers : la mâchoire du temps avait rongé l'usine. En état de délabrement avancé, elle était aujourd'hui un symbole des ravages de la mondialisation.

À cette époque, Amandine, Corinne, Étienne et Waldo n'étaient plus ces étudiants impulsifs prêts à se précipiter sur la première aventure grisante. Les vagabondages en France, en Europe et à travers les États-Unis, les marches collectives des mois durant, la vie en forêt, qu'il pleuve ou qu'il vente, pendant cinq ans, et finalement l'organisation du festival qui renforçait la mobilisation d'un large collectif autour d'eux les avaient progressivement transformés. Ces épreuves avaient renforcé leur confiance, leur capacité d'organisation, de mobilisation, transformé leurs rêves, leurs ambitions et leur détermination. En ce début d'automne 2013, les chants mêlés qui s'étaient élevés au-dessus du causse du Quernac les avaient confortés dans leurs convictions.

"Quand je repense à la Marche et à notre arrivée ici, j'ai l'impression qu'aujourd'hui, je suis plus sûre de moi. Plus forte, moins encombrée", confia Amandine sans être sûre d'être comprise, tandis que le petit-déjeuner s'étirait sous la yourte, avec Yannick, Séverine, Sonia et quelques autres qui avaient dormi là, Étienne qui déplaçait distraitement ses doigts sur sa flûte et Waldo qui se roulait une clope, assis contre Corinne. "En fait, ça me donne confiance en l'avenir. Certaines peurs disparaissent", ajouta-t-elle. "Je crois que ça vient de l'allègement, compléta Waldo, en relâchant une volute de fumée, songeur. On a la preuve qu'on peut vivre heureux sans argent. Et ça, c'est une arme décisive dans un univers verrouillé par le travail et la consommation. Les gens comblent chaque faux besoin par un faux plaisir dans une spirale qui enchaîne sans cesse frustration et achat", expliqua-t-il dans un geste circulaire.

Au fil de leurs conversations, ce matin-là, les Arc-en-ciel réalisèrent qu'ils avaient la même idée en tête – un projet qu'ils ne pensaient pas partager, qui les effraya eux-mêmes par son ampleur. La discussion avait d'abord été prudente, "mais bon, puisqu'on pense la même chose, autant prendre notre intuition au sérieux, on verra bien", affirma Waldo pour délier un peu plus les langues et pour que chacun aille jusqu'au bout de l'idée folle qu'il avait en tête. Ils pensaient transformer l'ancienne usine de fabrication de collants en une ressourcerie où les déchets afflueraient de tout le territoire et seraient triés, nettoyés, réparés et réemployés – un site qui deviendrait aussi un véritable quartier général pour les amis des écolieux et les militants de la région, le centre névralgique des actions locales. Ils ne voulaient plus vivre comme des marginaux, mais affirmer leurs idées et leur mode de vie au beau milieu de la cité.

La conversation dura une partie de la matinée. Quelques jours après, ils en parlèrent à leurs proches, sans révéler encore tous les versants de leur plan. Mais d'emblée, même leurs amis de la première heure restèrent cois, répondant par un silence et des regards sceptiques. Certains accueillirent la nouvelle comme un mauvais présage, réactions qui aidèrent Corinne à annoncer au reste de la bande que non seulement elle non plus ne le sentait pas – c'était trop gros ! – mais aussi qu'elle n'en pouvait plus, de tout. De ces travaux réalisés sur un lieu qu'ils devraient quitter tôt ou tard, de ce huis clos fusionnel, des repas qu'elle préparait trop souvent seule. Corinne partit, mais le projet, lui, s'ancra de plus belle dans l'esprit des trois habitants du camp.

L'USINE

"Putain, mais réveillez-vous ! Acheter une usine de 3 500 mètres carrés, même délabrée, ça coûte une fortune et personne ne nous prêtera d'oseille, raisonna enfin Étienne, le plus pragmatique du groupe. Regardez-nous : on vit dans les bois, on dort dans des cabanes, on partage le même téléphone portable, le même compte en banque et trois billets de 50 euros dans une boîte de conserve… Qui pourrait parier sur nous ? Sans même parler d'une banque ! T'imagines la gueule du conseiller avec trois illuminés en couleur devant lui ? Même pas il nous reçoit ! Bref, on est juste en train de perdre notre temps…" asséna-t-il. Mais les propos fermes d'Étienne ne suffirent pas à extirper l'idée de l'esprit des deux autres, y compris du sien. Aussi entrèrent-ils en contact avec le propriétaire. "Qu'est-ce qu'on risque ?"

Contre toute attente, l'homme les écouta avec sérieux et emmena la troupe sur place à plusieurs reprises. Ils arpentèrent les immenses dalles de l'usine, les innombrables salles à l'étage et se figurèrent les différentes zones : le quai où les visiteurs déchargeraient les objets, l'espace où ceux-ci subiraient un premier tri, puis les ateliers de réparation de vélos, de remise en état des meubles, etc. Enfin, ils imaginèrent une boutique et situèrent déjà les différents rayons où leurs clients flâneraient : les livres, l'informatique, la vaisselle, les fripes, les articles de sport, etc. Avec le temps, un décalage se creusa, entre la vision claire et évidente de cette initiative qui s'imposait à eux et les sermons alarmés de leur entourage. Et le reflet sombre d'incrédulité mal dissimulée qui teintait l'œil de certains proches était parfois plus blessant que les discours hostiles – mais directs – d'autres amis exhortant carrément ces "dangereux naïfs" à "revenir sur terre". Le propriétaire était une des rares personnes à croire en leur projet, à partager leur vision et à avoir envie qu'elle se concrétise.

Lorsque vint le moment d'évoquer les conditions possibles pour bénéficier des lieux, les Arc-en-ciel s'attendaient vaguement à une surprise, ou bien à ce que le propriétaire accepte un bail de location. "Je ne souhaite pas louer, lâcha-t-il, laissant le temps à l'information de faire son chemin, avant d'ajouter : À moins de vous engager, en signant le contrat de location, à acheter au bout de trois ans, déclara-t-il, devinant la question que contenait leur silence abasourdi. Je vends l'usine 300 000 euros, enchaîna-t-il. Vos loyers s'élèveront à 1 700 euros par mois. Vous devrez aussi payer la taxe foncière de 5 500 euros… Et si vous n'arrivez pas à acheter, vous devez verser 30 000 euros et libérer les lieux." Il semblait à la fois sûr que sa proposition fût la seule valable et certain qu'elle serait forcément acceptée.

Au sein du groupe, d'interminables discussions aux allures de montagnes russes s'ensuivirent. D'abord, la seule évocation de la somme demandée les plongea dans les affres du désespoir. Amandine imagina le groupe enlisé dans le surendettement, forcé à chercher du boulot, emprisonné dans une vie de travail salarié encadrée par des horaires, des objectifs et de petits chefs toxiques qu'elle pensait incontournables dans ce genre de tableau. L'enfer ! Puis, sans transition, l'un d'entre eux reprenait espoir et ils décidaient qu'ils devaient s'accrocher. Un moment plus tard, ils cédaient à nouveau au découragement. En toile de fond, le compte à rebours enclenché par la préfecture s'égrainait sans que les trois n'osent mesurer le temps qui restait pour démonter les cabanes les unes après les autres et quitter les lieux… Désorientés, ils passèrent des heures à errer à travers le camp.

Au cours de cette période où tous arboraient des mines d'insomniaques, Waldo était constamment penché sur des liasses de papier brouillon. Les autres n'avaient même plus la force de chercher à savoir ce que contenaient ces pages cornées, couvertes de ratures, de schémas, de commentaires, de tableaux et de dessins, à mi-chemin entre une carte mentale bordélique et un carnet de voyage sali par des mois de sac à dos. Un jour, il remonta le sentier qui menait de sa cabane vers la yourte commune en brandissant ses feuillets peu engageants. “Putain, j'ai trouvé ! affirma-t-il alors qu'ils s'asseyaient en cercle. Il faut qu'on demande de l'aide partout et à tout le monde, poursuivit-il, comme si cette injonction résumait tout son plan. Est-ce que tous ceux qui viennent au col ou qui se sont réunis au festival ne seraient pas prêts à nous aider ? Parce que, finalement, cette ressourcerie, tout le monde va en profiter, non ? 3 500 mètres carrés, c'est immense : certains pourraient y installer le local de leur association, d'autres y faire leurs répétitions de théâtre ou de musique, leurs réunions, leurs fêtes. D'autres pourraient carrément monter leur atelier de soudure ou de couture."

Le plan reposait sur une hypothèse optimiste : les trois années allaient laisser à l'équipe le temps de rendre cette ressourcerie indispensable, incontournable et rentable. Toute la région se précipiterait alors pour placer ses économies dans le projet. Waldo évoqua aussi la possibilité d'une activité lucrative : louer la logistique écologique accumulée à l'occasion de la Marche du vivant et du Chant de la Terre (cuisine, panneaux solaires, chapiteaux, sono, luminaires) à d'autres événements. "Voilà encore une activité qui pourrait contribuer à l'équilibre économique de notre écosystème." Waldo tournait les pages de sa liasse à présent éparpillée sur le sol, avançant pas à pas dans cette perspective insolite et fragile. Stratège, il avait gardé la carte maîtresse pour la fin : "Et puis, j'ai une idée pour payer les premiers loyers, esquissa-t-il en rassemblant ses papiers : on arrête de renoncer au RSA ! On s'inscrit, on le perçoit et on le verse intégralement dans le loyer. Ça nous permet de payer les mensualités au proprio pendant trois ans, le temps que la mayonnaise prenne. Ça me semble réglo, non ?

— C'est pas la question", rétorqua Amandine dont le scepticisme était manifestement partagé par Étienne.

Waldo poussa un long soupir. Encerclé par un fatras de feuilles comme un joueur de poker ayant abattu toutes ses cartes, il perdit patience et, alors seulement, révéla le fond de sa pensée : "Est-ce qu'on a vraiment besoin de savoir exactement ce qui va se passer mois par mois d'ici trois ans et si on arrivera ou non à réunir 300 000 balles ? Est-ce que tu peux me dire quel danger représente concrètement un imprimé au bas duquel on appose notre signature ? Qu'est-ce qu'on risque ? On va se retrouver à la rue ? Et alors, on y est déjà ! Et qu'est-ce que ça pèse pour toi, ce risque, face à l'opportunité de limiter la marée de déchets qui envahit les océans, les rivières et les espaces naturels ? Pour moi, il existe une loi supérieure à celle des bilans comptables, s'emporta-t-il. C'est la loi de la Terre-Mère, dont dépend l'humanité ! Cet enjeu-là est prioritaire et ce, quel que soit le résultat au bas d'un putain de tableau prévisionnel. Si vous réfléchissez à la crise écologique et à l'urgence, vous verrez qu'on n'a pas le choix ! Et que cette décision reste plus facile, moins risquée à prendre que lorsque nos grands-parents devaient s'engager dans la Résistance."

Waldo avait touché du doigt ce qu'Amandine et Étienne ressentaient, sans pouvoir le formuler : inutile de calculer au centime près, c'était tout vu, et leur décision était en réalité plus claire et solide qu'une démonstration comptable. Il fallait signer, un point c'est tout, on verrait ensuite !

NOVLANGUE

“Les déchets sont en train de devenir un business polluant et nuisible au profit de quelques-uns !” expliqua Bernard, un samedi, au Marsu. Habitué du café et militant de la première heure, il s'adressait à quelques sceptiques qui décrivaient les Arc-en-ciel comme des inconscients et le propriétaire de l'usine comme un gogo candidat à la banqueroute. “Les soi-disant « éco-organismes » (Bernard faisait la moue à chaque mot de novlangue) sont en fait des sociétés privées censées « traiter » les déchets, en échange des « écotaxes » (nouvelle moue) qu'ils perçoivent. Mais ils ne font pas vraiment le boulot : non seulement ils ne sont pas fichus de collecter plus de la moitié des déchets, déplora-t-il avec son accent du Sud-Ouest, mais en plus, ils en expédient une partie dans des pays pauvres. Bon débarras ! Et surtout, ils oublient l'essentiel, reprit-il, l'index pointé vers son interlocuteur : inciter les gens à moins consommer. Alors que c'est la source du problème, non ? Au lieu de ça, ils disent que les déchets sont « pris en charge et traités » (moue encore). Ça te fait pas halluciner, ça ? asséna Bernard, soulevant un brouhaha d'indignation. L'usine va être un bastion pour nous tous, et cette bande de bras cassés va voir qu'on peut faire autrement !" termina-t-il. Puis il se dirigea vers la porte, une clope roulée et un briquet entre les doigts. La messe était dite.

Étienne, à ses côtés, dut faire le service après-vente quand les râleurs y allèrent de leurs mauvais présages. "T'es gentil, mais faut bien que ce soit rentable, non ?

— Mais c'est rentable, répondit Étienne, qui entendait redonner un ton plus calme et sérieux à la démonstration. Figure-toi que pour une même quantité de déchets – mettons 10 000 tonnes – les enfouir dans le sol crée un seul emploi, les incinérer en crée trois. Par contre, réemployer ces mêmes déchets – avec une ressourcerie par exemple – crée huit cent cinquante jobs !"

Leurs différents cercles d'amis et les communautés alentour remplacèrent le scepticisme par un mélange de compréhension plus ou moins résignée, teintée d'une certaine impatience : seuls les faits permettraient de trancher. À l'approche du printemps 2014, le propriétaire leur donna les clés, avant même que les actes notariés soient signés. Il ignorait que la décision des Arc-en-ciel avait été prise sur la base d'une forte conviction collective mêlée d'intuitions prometteuses, de visions et de vagues calculs crayonnés sur un coin de table, mais sans remplir la moindre case de tableau prévisionnel… Aussi, sans savoir où trouver le premier loyer, les Arc-en-ciel pénétrèrent-ils dans l'usine avec plusieurs camionnettes chargées à bloc : le mobilier descendu du col de la Fuvelle, des chapiteaux démontés, des dizaines de mètres de tentures de toutes les couleurs, des montagnes de vaisselle destinée aux événements, plusieurs poêles à bois. Ils emménagèrent et, à moins qu'on ne les déloge, ils habiteraient dorénavant là, sur les dalles de cette usine encore encombrée de vieilles machines et des stocks de fournitures.

La bande se lança ainsi dans six mois de tri et de décrassage digne des écuries d'Augias. Les activistes baroudeurs, qui avaient tout fait pour s'alléger, pour vivre sans argent, sans attaches, libres de marcher aux quatre coins du monde, se retrouvèrent un matin du mois de mai 2014 lestés d'un contrat de location doublé d'une vente chiffrée en centaines de milliers d'euros, à déplacer des kilos de matériel, de déchets, à tenter de soulever des machines industrielles aussi lourdes que sans valeur et qui restaient désespérément collées au sol… Ce nettoyage harassant, entre épreuve initiatique et rite de passage, les ramena aux premiers temps du col de la Fuvelle. "On est maudits !" souffla Amandine. Les militants des environs enchaînèrent les coups de main, au prix de journées sans fin. Mais le résultat advint : la ressourcerie ouvrit ses portes, aussitôt envahie par un déferlement d'objets de seconde main et de visiteurs avides de montrer leur soutien.

38 TONNES

La scène resterait gravée dans l'esprit de Marlène. Travaillant pour les services sociaux de la commune, elle était venue ce matin-là rencontrer la troupe avec l'idée de voir comment la mairie pourrait aider la ressourcerie. Un peu par curiosité aussi : on lui avait parlé de ces doux dingues en levant les yeux au ciel, avec des mots – baroudeurs décroissants, activistes vagabonds, marginaux – qui résonnaient en réalité avec ses propres aspirations. Inconsciemment, elle se pressa et arriva un peu en avance, à 7 heures 45 au lieu de 8 heures. Après avoir frappé à la porte d'entrée déjà entrebâillée et avoir attendu quelques minutes sans réponse, elle décida de pénétrer dans le hangar. Étienne était censé lui faire visiter les lieux avant la réunion. Puisqu'il n'arrivait pas, elle avança au milieu d'immenses rayonnages où s'alignaient des objets en plus ou moins bon état. Marlène prit conscience qu'elle n'aurait pas franchi aussi facilement l'entrée des locaux d'une entreprise à la devanture impeccable avec postes informatiques et open spaces inondés de lumières. Mais cette pointe de culpabilité s'évanouit lorsqu'elle entendit des voix et s'engagea dans un second hangar au fond duquel résonnaient une conversation et quelques rires.

Au détour d'un alignement de tables servant de plan de travail pour trier des vêtements avant de les mettre en vente, elle s'arrêta. Ils ne l'avaient pas encore vue et elle attendit quelques secondes, immobile dans un coin sombre. De là elle put observer la scène et, sidérée, découvrit un alignement de six matelas parsemés de couvertures, visiblement récupérées, déclinant les couleurs de l'arc-en-ciel et assorties aux tenues de l'équipe, évoquant, dans la lumière coulant de la toiture en verre, la vision ésotérique d'une sorte de désordre harmonieux. "C'est le waï mais c'est beau", pensa-t-elle. Deux personnes dormaient encore tandis que les quatre autres – dont Amandine et Étienne – étaient assises en tailleur dans de vieux canapés, en train de boire un café autour d'une table où s'entassaient assiettes et couverts sales. De là où elle se trouvait, elle remarqua les mains de Waldo dont les paumes semblaient teintées par des heures de travail.

Elle fit enfin quelques pas vers la lumière et se montra, sans que sa présence ne provoque la moindre surprise : ici, le passage était incessant, y compris en dehors des heures d'ouverture. Elle fut bientôt intégrée à la conversation qui roulait dans un agréable flux d'énergie matinale. Étienne lui servit un café et embraya sur la présentation des lieux et de l'équipe. La conversation qui s'ensuivit permit à Marlène de réunir toutes les informations dont elle avait besoin. Ce fut cette image qui, imprimée sur sa rétine, allait rester longtemps : ces filles et garçons de trente ans à peine, dormant entre deux journées saturées de travail sur des matelas à même le sol, et pour lesquels la vie et l'activisme ne faisaient plus qu'un. Marlène ne put s'empêcher de voir son propre quotidien en miroir.

Au fil de semaines passées sous les verrières martelées et poussiéreuses de l'usine, chacun était absorbé dans l'enchaînement des tâches, l'esprit à la fois concentré et flottant dans une ivresse de surmenage, une adrénaline digne des cuisines d'un restaurant qui ne fermerait jamais ses portes. Tout le groupe, y compris les amis du Marsu, la famille et les copains alentour, fut happé par cette machine à remettre les vieux objets en état et en circulation. Parfois, en fin de semaine, à la faveur d'une soirée musicale organisée à la ressourcerie, quelques bières marquaient une pause après le démontage. On redémarrait le lendemain sur les chapeaux de roue, au pied d'une montagne d'objets à trier quand les habitants de la région, aussitôt délestés de leurs vieilleries, se dirigeaient déjà vers la boutique pour faire leurs achats.

Lorsqu'ils relevèrent la tête, les Arc-en-ciel venaient d'abattre une année de travail. Scrutant de leurs yeux cernés les registres de la ressourcerie, ils réalisèrent qu'en un an, ils avaient collecté et remis en circulation 38 tonnes d'objets ! Ils avaient empêché 38 tonnes de déchets de souiller la terre, la mer, l'air et, dans le même temps, ils avaient probablement évité la production de ces mêmes biens, chaque fois qu'un acheteur avait préféré ces occasions aux produits neufs du commerce. Pourtant, la bande voyait plus loin. Le collectif aurait voulu réduire encore sa dépendance à l'égard de l'économie ultralibérale qui l'entourait, à l'égard de l'industrie, des grandes entreprises et de l'État. Imperceptiblement, cette impatience tendait une partie d'entre eux et provoqua finalement une fracture.

LA TUNE

Ce matin-là, alors que les échanges autour d'un sujet récurrent – les finances de la ressourcerie – étaient poussifs, et que, manifestement, il manquait à tout le monde un deuxième café, Florence rompit le protocole. Elle se leva subitement, dans un bruissement de bijoux en bois et de tissu (une ample robe en lin teintée en orange vif) et coupa Étienne qui était en train de lire le courrier interminable d'un donateur potentiel. Pourtant, elle le savait, ces réunions étaient encadrées par un code de conduite stricte : chacun était censé attendre le bâton de parole avant de s'exprimer. Une langue des signes rudimentaire permettait aussi aux participants d'intervenir sans couper la parole, de se manifester en silence en utilisant une sorte de langage gestuel venu de mouvements altermondialistes, en particulier des manifestants anti-G8 et, plus tard, de Nuit debout, Occupy Movement et Extinction Rebellion. C'était un moyen pour l'auditoire de mettre fin aux digressions trop longues ou, au contraire, de demander à l'orateur de développer une idée intéressante. En somme, chaque membre devait faire preuve d'une écoute bienveillante et tenir compte des idées des autres.

Mais ce matin-là, Florence en eut soudain ras-le-bol de ces "conneries pour bisounours". Connue pour ses coups de gueule, elle sortit instantanément l'assistance de sa torpeur. "En fait, c'est n'importe quoi ! commença-t-elle, laissant planer un silence. En gros, ici, on brasse des tunes : elles arrivent de gens qui bossent pour le système et viennent se donner bonne conscience à la ressourcerie. Et quand on les dépense, ces mêmes tunes vont retourner dans la matrice capitaliste. Au final, ça va atterrir dans les poches d'un gonz' qui va faire son plein chez Total, bouffer son gros steak arrosé de coca et prendre l'avion", énonça-t-elle. Elle appuyait son propos de hochements de tête amplifiés par un haut chignon qui, telle une pile d'assiettes, se déplaçait d'un côté à l'autre en défiant les lois de la gravité, toujours sur le point de s'écrouler.

La toiture en verre martelé de l'usine formait un puits de lumière, donnant à Florence, au milieu des tas d'objets à trier, une allure de prophète. L'écho de cathédrale que produisaient les grands volumes de l'usine encore vides à cette heure-là projetait son monologue tout autour. "Ça y est, c'est bon, t'as fait ton show ? la rembarra David, qui travaillait comme vendeur à la boutique. On peut avancer sur notre sujet, maintenant ?" Aussitôt, les mains de la vingtaine de participants s'agitèrent dans un mouvement circulaire au-dessus de leurs épaules : ils apportaient leur soutien à David. "Moi, je trouve qu'elle a raison et qu'on devrait en parler", lâcha néanmoins Waldo. Les mains se levèrent à nouveau dans ce même mouvement rotatif pour approuver Waldo : on n'y comprenait plus rien ! Un brouhaha s'installa. "Vous n'avez qu'à organiser une commission à part !" suggéra Prune, souvent agacée par les grands raisonnements de certains qui venaient gâcher les réunions de travail opérationnelles. La jeune femme étant habituellement discrète, son intervention surprit et ramena le calme.

Puis, contre toute attente, ce fut Étienne qui, en fin stratège, brandit le bâton de parole qu'il était allé chercher tranquillement, profitant de la confusion. Vêtu de son éternelle tenue bleue – une vieille polaire et un sarouel –, il entra directement dans le vif du sujet : "La monnaie sert les intérêts de ceux qui la créent et permet au pouvoir de contrôler l'économie, affirma-t-il, laissant le temps à chacun de méditer ce constat. Les gens s'en servent sans y réfléchir, alors que la monnaie est la vraie source du problème : les États ont cédé la création de monnaie aux banques", expliqua-t-il en scrutant son auditoire. Indifférent à la moue impatiente de Prune et conscient de son propos, il comprit en voyant les visages qui l'entouraient que l'assemblée était partagée entre incompréhension et intérêt. "Les banques créent de la monnaie lorsqu'elles font des prêts, précisa-t-il. Mais le montant des intérêts, lui, n'est jamais créé. C'est très malin, parce que ça entretient une tension entre tous les acteurs de l'économie et, du coup, les prêteurs sont les maîtres du jeu : les emprunteurs doivent leur soumettre docilement leurs projets pour obtenir un prêt. Donc, au final, ce sont les banques qui décident des projets qui vont voir le jour et de ceux qui ne se feront pas. Et comme vous le savez, elles adorent soutenir le pétrole, le charbon, l'industrie de l'armement, la malbouffe ou encore les OGM. Des valeurs sûres, quand seuls les intérêts à court terme comptent." Hésitant un instant, il jugea que c'était le moment d'en arriver où il voulait en venir, en dépit du regard noir que lui jeta Prune. “Nous devrions créer notre propre monnaie, osa-t-il. Il y a un projet en cours à Saint-Géry et on devrait le rejoindre.

— Ouh la !” lâcha David, mimant la sidération. Mais déjà, une majorité de mains s'agitaient pour demander à Étienne de développer.

“En fait, créer une devise est beaucoup plus simple qu'on ne l'imagine. Pas plus compliqué que de jouer à un jeu de société. Il faut d'abord créer une unité et lui donner un nom. Disons qu'au lieu de compter en euros, on compte en Bananes de Géry. Après, il faut décider d'un taux de change avec l'euro : mettons qu'une Banane vaut un euro. Puis on imprime des billets et on les met en circulation en essayant de trouver le plus d'associations, commerces et autres collectifs et citoyens d'accord pour jouer le jeu : chacun achète un certain nombre de billets, fait ses courses et paye ses fournisseurs avec.

— Et alors, quoi ? Je vois pas ce que ça change, reprit David qui, sans l'avouer, songea un instant que cette monnaie offrait un moyen idéal pour faire du black et contourner toutes sortes de contraintes légales.

— Bah, du coup, la monnaie redevient un simple moyen d'échange sans taux d'intérêt ni contrôle de l'État. Comme on est notre propre banque, on sait que la Banane ne va pas servir à spéculer, enrichir les ultra-riches et renforcer le système bancaire classique qui soutient la grande distribution, les pesticides, le transport aérien, etc. À la place, ça renforce les circuits courts et les entreprises locales. En fait, ça relocalise l'économie… D'autres communautés l'ont fait et elles arrivent à réunir des centaines d'organisations, faire de gros achats et même payer une partie de leurs taxes locales et des salaires avec. T'imagines ? C'est comme si on créait un petit État à part", conclut Étienne qui ne pouvait plus ignorer Prune qui demandait la parole depuis un moment, en brandissant le bâton. Elle vit bien que l'assemblée était galvanisée par l'histoire d'Étienne mais suggéra prudemment que le temps passait à toute allure et que leur problème de financement de la ressourcerie n'avançait pas.

Étienne donna rendez-vous deux jours plus tard à ceux qui étaient intéressés. Il inviterait l'association qui était en train de créer la future monnaie locale : la Trogne. Moins d'un an après cette conversation, les billets furent mis en circulation. Imprimés sur un papier semblable à celui des billets de banques de la zone euro, ils arboraient un graphisme subtil composé de motifs de châtaignes, de champignons, de hiboux ou de papillons selon le montant des coupures, le tout rehaussé de couleurs vives.

Cette monnaie commune resserrait encore les liens au sein de l'écosystème alternatif de Saint-Géry et étendait celui-ci à tous les commerces locaux indépendants et toutes les associations qui acceptaient la Trogne. Comme autant de courroies, de rouages, de cylindres et de soupapes, les différentes associations impliquées, installées dans l'usine ou gravitant autour, étaient articulées, imbriquées et s'alimentaient les unes les autres selon une économie à part entière. La ressourcerie prêtait ou donnait du mobilier et toutes sortes de matériels ; dans l'usine, les bénévoles allaient d'une association à l'autre. Les ramifications de ce réseau d'entraide se prolongeaient aussi dans la vie quotidienne, à travers d'autres activités communes : cueillette, coups de main réguliers, habitat participatif, mutualisation de véhicules, d'outils, de locaux…

Dans ce contexte, les Arc-en-ciel avaient parfois l'impression de voir Le Chant de la Terre déferler sur le centre-ville. Une petite société autonome en pleine effervescence s'implantait, dont les membres avaient tous en ligne de mire un projet : vivre avec le moins d'argent possible, s'affranchir de l'injonction "travaille, consomme !" et amener les habitants vers cette décroissance.

SANS ISSUE

Vendre un lave-linge pour quelques dizaines d'euros, des vêtements pour une poignée de pièces de monnaie, des vélos en parfait état pour 15 balles, était probablement le meilleur moyen d'attirer un public dépassant largement le cercle des militants écolos. Ainsi, tout le monde venait arpenter les allées de l'usine où l'on trouvait aussi bien de quoi meubler son studio étudiant ou son appartement HLM que faire un cadeau. La ressourcerie n'alimentait pas seulement les conversations des commères invétérées qui péroraient en tirant leurs courses entre le Café des Causses et la place du marché à Saint-Géry : le sujet était aussi à la une des bavardages dans les villages voisins et le réseau alternatif de la région. Pourtant, en dépit de l'affluence à l'usine, le temps passait et les trois voyaient approcher l'échéance : le propriétaire attendait d'eux, d'ici dix-huit mois, le règlement de 300 000 euros, auxquels s'ajoutaient les frais de notaire. Or la ressourcerie n'était pas parvenue à réunir plus d'un tiers de cette somme. Et aucune échappatoire n'était prévue dans le contrat. “Là, on est bien dans la merde”, commenta Amandine. Il allait falloir trouver cette somme colossale, et vite ! Bien sûr, une petite partie de l'argent était déjà disponible grâce aux bonnes ventes réalisées à la boutique. Une autre activité rapportait aussi : la proposition de services de cuisine écologique aux festivals alentour. Mais on était loin du compte. Amandine, Étienne et Waldo décidèrent alors de retourner ciel et terre pour dénicher cet argent : il devait bien exister quelque part !

Ils convoquèrent toutes les associations hébergées, tous les amis et la famille et exposèrent – sans arrangement avec la réalité ni faux espoir – les règles de cette course infernale. La mobilisation démarra d'abord laborieusement. Waldo, pour se rassurer, imaginait des dons de 1 000 euros : "Il suffirait que trois cents le fassent ! C'est atteignable, non ?" se leurrait-il. En réalité, pendant des semaines, le don moyen dépassait à peine les quelques dizaines d'euros, plus rarement quelques centaines, et cela à une vitesse désespérément lente. Puis, certains prêtèrent leurs économies pour deux, trois ou cinq ans et ces sommes plus importantes finirent par pousser le projet à franchir un premier seuil psychologique que guettaient quelques attentistes sceptiques et discrets qui daignèrent alors faire de plus gros virements. Le montant passa une autre de ces frontières invisibles, ce qui, par un effet domino, attira de nouveaux donateurs, investisseurs et institutions locales. Les représentants de la région eux-mêmes finirent par accepter de visiter les lieux et – constatant l'ampleur de la mobilisation – débloquèrent une subvention inespérée. Si bien que, moyennant un retard de quelques jours accepté par le vendeur et un flot régulier de sueurs froides à la ressourcerie, le collectif devint en 2017 propriétaire de l'usine. La nouvelle se répandit comme une traînée de poudre et moucha les bavards. Les anciens employés de la fabrique de collants furent les plus émus : ils n'avaient pas oublié l'occupation de l'usine au début des années 2000 et virent là un retournement de l'histoire, une revanche insolite. Ils aimaient entrer à la ressourcerie pour faire leurs emplettes et donner un coup de main.

Obnubilés, ces derniers mois, par le compte à rebours et l'évolution erratique du montant collecté, Amandine, Étienne et Waldo n'avaient pas pris la mesure de la montée en puissance de l'activité et des besoins qu'elle susciterait. Après que trois salariés eurent déjà signé leur contrat, d'autres arrivèrent et les fondateurs furent bientôt contraints de se former au statut de patrons. Ce mot qu'ils avaient en travers de la gorge semblait pourtant une étape nécessaire pour faire avancer leur cause, occuper le terrain. Il s'agissait d'être à la hauteur des événements et de prendre la main sur le cours des choses. "Les responsabilités, ça fait partie du programme", éluda Nathalie pour déculpabiliser la bande.

Le regard des habitants changea : certains élus qui au départ se pinçaient le nez en apercevant les sarouels multicolores entraient maintenant dans la ressourcerie avec le sourire crispé de ceux qui doivent bien accepter la réalité. Vus encore il y a peu comme des inconscients capables de convoiter une usine sans avoir le premier sou, les jeunes gens étaient désormais connus pour leur action d'intérêt général qui ne leur rapportait, à titre personnel, aucun revenu. Tout juste acceptaient-ils désormais le RSA pour payer les mensualités de l'usine. Les habitants de Saint-Géry savaient pertinemment que ces décroissants hirsutes et surmenés embauchaient du personnel tout en vivant eux-mêmes sans le moindre salaire. “Ça leur en bouche un coin !” riaient les membres du collectif. Du reste, les éternels rabat-joie obsédés du chiffre n’avaient qu’à ouvrir les registres accessibles à tous : la ressourcerie avait progressivement franchi la barre des 100 tonnes de déchets traités par an et avait embauché rapidement un sixième salarié ! “On ne veut plus être des marginaux”, expliqua Waldo à une journaliste de la presse locale venue pour une journée porte ouverte et qui connaissait leur passé de maquisards vagabonds. “On ne veut plus écrire dans la marge mais dans le corps du texte, ajouta-t-il avec une faconde digne d’un habitué des médias. Et pour ça, on doit sans cesse apprendre des choses qu’on n’a jamais faites, comme à gérer des équipes salariées. C’est nécessaire et ça ne nous éloigne pas de nos idées”, assurait le trentenaire.

Outre les embauches, la ressourcerie attirait aussi une aide bénévole indispensable. Le collectif s’étoffait et contenait des trésors de savoir-faire. Certains avaient réalisé la plomberie de l’usine, la maçonnerie et même réparé la charpente métallique géante qui recouvrait le monumental bâtiment industriel. D’autres maîtrisaient les subtilités de la gestion administrative et des normes de sécurité. De leur côté, les Arc-en-ciel continuaient à se déplacer pour donner de jolis coups de main à d’autres collectifs et aux mobilisations dans la région. À l’heure où le déni de décideurs obsédés par la croissance économique déprimait toujours plus de citoyens, les expériences qui faisaient leurs preuves se transmettaient via les réseaux et le bouche-à-oreille. Aussi la ressourcerie de Saint-Géry – malgré le graphisme brut et basique de son site internet qui semblait exhumé des années 1990 – fit-elle désormais parler d'elle jusqu'à Paris. Ailleurs en France, ceux qui envisageaient de créer une ressourcerie demandaient régulièrement à venir visiter l'usine.

L'expérience des Arc-en-ciel, vue comme un modèle, montrait à quel point la diversité et la complémentarité des activités étaient décisives : accueillir au même endroit des associations aux missions aussi variées attirait vers l'usine ceux qui ne seraient jamais venus acheter des objets de seconde main. Cette trame d'entraides se révélait vitale. De l'extérieur, les visiteurs ignoraient bien souvent le revers de la médaille : des réunions interminables, parfois ingérables, et des conflits douloureux constituaient aussi le quotidien du collectif. Néanmoins, l'activité débridée et l'efficacité de la ressourcerie étaient de notoriété publique aux quatre coins du territoire, au point que le réseau national qui rassemblait toutes les ressourceries françaises élut bientôt Amandine secrétaire du bureau et Waldo vice-président. Restait à savoir s'ils allaient débarquer dans les réunions parisiennes avec leurs tuniques colorées. “Bah, ouais, carrément !” pensa Amandine.

VERS L'ARCHIPEL

Christelle arriva au volant d'un van Mercedes 207D datant du début des années 1980. Elle se gara derrière l'usine et, fourbue par trois heures de route, s'étira longuement. Elle habiterait là quelques jours, dans son camion, une antiquité retapée quelques années plus tôt et équipée de panneaux solaires, d'un frigo, d'une douche amovible, d'un lit extensible, d'une table, d'une cuve pouvant contenir 100 litres d'eau propre et – cerise sur le gâteau – d'un ampli avec quatre enceintes et un caisson de basses. Mais depuis sa rénovation, l'engin avait avalé des dizaines de milliers de kilomètres et montrait d'évidents signes de fatigue.

Christelle était partie depuis sept mois. Après avoir vendu son appartement dans le centre de Rennes, elle était à la recherche d'un endroit où se poser, voire s'installer durablement. Elle cherchait un lieu où elle pourrait donner des cours de hatha yoga dans la tradition d'un grand maître indien au nom imprononçable et dont les livres occupaient une étagère entière de son fourgon, un certain Bellur Krishnamachar Sundararaja Iyengar. Une véritable icône qui avait fondé l'une des méthodes les plus exigeantes et austères du yoga : les postures devaient absolument être réalisées de manière approfondie et précise. Cette rigueur plaisait beaucoup à la jeune femme qui, âgée de trente-quatre ans et de petite taille, arborait un corps léger, fuselé, aux muscles fins mais puissants.

Parmi ces nomades qui sillonnaient la France et l'Europe, Christelle n'était pas la seule à être attirée par les lieux : ils étaient parfois deux ou trois à squatter là. S'ils étaient perçus ailleurs comme des originaux qui avaient tout largué pour tailler la route, les Arc-en-ciel leur trouvaient au contraire une certaine conformité : ces oiseaux de passage se ressemblaient. Le scénario classique tournait autour d'une rupture amoureuse, d'une période de surmenage professionnelle ou d'une simple rencontre qui avait provoqué une prise de conscience et un grand chamboulement. Ils estimaient soudain que leur vie n'avait pas de sens, se sentaient coupables d'individualisme et en décalage avec les urgences de l'époque. Nombre d'entre eux recherchaient alors une communauté à laquelle s'intégrer pour vivre à plusieurs en réduisant leur impact écologique autant que leur consommation, leur loyer et le temps consacré à un travail salarié. Ce temps serait mis à profit pour se reconnecter à la nature, militer, manifester, participer aux tâches partagées avec leurs colocataires et, qui sait, apprendre à chanter, peindre, écrire, méditer ou simplement s'occuper de leurs enfants. Mais quelle communauté rejoindre et comment ? Allaient-ils vivre les prochaines années dans un hameau, un squat, une ZAD, un habitat participatif, un village de yourtes ou de cabanes ? Ainsi faisaient-ils la tournée des lieux de vie communautaire et donnaient, à chaque étape, quelques semaines, parfois quelques mois de leur temps afin de découvrir le collectif de l'intérieur. Dans un habitat partagé, ils pouvaient prendre part à la comptabilité, aux chantiers ou à la cuisine, mais à la campagne, ils aidaient le plus souvent aux travaux des champs. C'était là qu'on avait besoin de bras. À la ressourcerie, le travail ne manquait pas non plus.

Christelle arriva en mars 2021. Amandine avait trente-neuf ans, Étienne trente-cinq et Waldo quarante et un. Ils vivaient désormais tous les trois dans une maison, située à un jet de pierre de la ressourcerie. Un bâtiment longtemps abandonné, dont certains pans de toiture menaçaient ruine et où des pousses d'arbres montaient d'entre les marches en pierre de l'escalier d'entrée. Pourtant, on s'y sentait bien. La plupart des pièces n'avaient jamais été refaites, mais elles servaient de chambres d'amis et ne désemplissaient pas. Les âmes égarées, séparées, divorcées, licenciées, migrantes et réfugiées y atterrissaient pour trois jours, deux mois ou plus. Quant aux amis du collectif, ils débarquaient régulièrement chez eux, désormais avec femme et enfants, pour partager un repas ou faire de la musique.

Cette bâtisse appelée la Ferrandière avait marqué un répit, une accalmie dans le parcours des Arc-en-ciel, après l'achat et la mise en route de la ressourcerie, qui resterait dans leurs mémoires comme une montagne dont le sommet battu par la bise avait semblé se dérober à mesure qu'on avançait, puis que l'on avait finalement atteint, incrédules. Une expédition dont tous étaient sortis épuisés, les épaules meurtries par le poids du sac, les pieds marqués d'ampoules, entourés de compagnons à bout de forces. Mais alors que la ressourcerie avait atteint sa vitesse de croisière, les habitants juchés sur ce bastion découvraient déjà d'autres lignes de fuite, d'autres luttes vertigineuses, car la situation ne cessait d'empirer, qu'il s'agisse de l'état de la planète ou du devenir des plus précaires.

Dans ce contexte, l'exode urbain ne cessait d'augmenter. Comme Christelle, les citadins ne quittaient pas seulement la ville, ils fuyaient aussi un mode de vie. Prêts à quitter des postes de cadres dans des secteurs aussi variés que la grande distribution, l'informatique, l'industrie agroalimentaire, la mode ou la banque, ils renonçaient parfois brutalement à leur carrière, laissant derrière eux des années d'expérience accumulées, épuisés par l'injonction du chiffre, le rythme effréné et les sollicitations sans limites, pluie continue de notifications de fausses urgences professionnelles, la hiérarchie, prétendument à l'écoute, étant devenue quasi militaire. Beaucoup ressentaient aussi confusément que, les yeux rivés à l'écran toute la journée, ils avaient perdu le contact avec la matière, avec la réalité, que le fait de ne plus accomplir aucune tâche manuelle avait atrophié quelque chose en eux, peut-être rétréci une zone de leur cerveau. Épuisés par cette routine robotique, ce labyrinthe confiné, ces désenchantés ruminaient leur défiance à l'égard de la superstructure qui les ballottait de frustrations en consommations et les détournait subtilement de l'essentiel : leur équilibre mental et leur instinct de solidarité sur une planète vouée à devenir chaotique, si l'on en croyait les rapports scientifiques qui s'accumulaient. Quel cerveau sain pouvait accepter docilement cet avenir ?

AU BORD DE L'AUTOROUTE

Quelques jours après son arrivée, Christelle se rendit à la Ferrandière où Étienne, Amandine, Waldo et quelques autres l'attendaient pour dîner. Sur le chemin qui reliait la ressourcerie à la maison du collectif, la jeune femme fit une pause, assise sur le parapet du pont où elle respira l'air frais de la fin de journée et observa les premiers signes du printemps. Puis, en arrivant sur place, elle découvrit la cuisine des Arc-en-ciel qui, de taille moyenne, était envahie de matériel et de provisions. Elle salua Bertrand et Magali qui, comme elle, squattaient là quelques jours. Assis à table, ils épluchaient des légumes en écoutant une émission sur un vieux poste restauré. Étienne fumait à la fenêtre tandis que Waldo et Amandine étaient absorbés par la préparation du repas. La pièce ressemblait autant à l'atelier de transformation d'une ferme qu'à un garde-manger : être en quête d'autonomie nécessitait de cuisiner et de conserver des aliments en quantité. D'innombrables appareils et ustensiles dignes d'une collectivité envahissaient les placards, tandis que les étagères débordaient de conserves de ratatouilles, de cerises, de pêches, d'algues en cours de séchage sur une claie suspendue au plafond, de coulis, de tomates séchées, de boissons fermentées de type kéfir et kombucha, de jus, de pestos variés intégrant les dernières plantes sauvages cueillies, de crèmes de châtaignes stérilisées ou en flocons.

Étienne ne laissa pas le temps à Christelle – dont le naturel curieux et bavard n'avait échappé à personne – de poser la première question. Lui-même s'enquit des nouvelles des collectifs qu'elle avait visités au cours de son itinérance. Le récit des derniers mois sur la route mit cette nouvelle venue dans un état d'excitation qui contrasta avec le fond de morosité – de fatigue, en réalité – qui régnait ce soir-là dans la cuisine. Avant d'arriver à Saint-Géry, elle avait posé son camion près de Perpignan, au milieu d'une communauté comptant cent trente exclus – anciens SDF, réfugiés, chômeurs de longue durée, ex-taulards – et autres militants déçus du système, inadaptés ou décroissants. "Ils vivent tous sur un terrain d'une quinzaine d'hectares au bord de l'autoroute, parsemé de cabanes de mobile homes et de maisons autoconstruites à partir de matériaux glanés dans les bennes à déchets, expliqua Cristelle. Comme vous, la récupération est leur religion. Mais bon, c'est tellement grand qu'on dirait un vrai village. Ils produisent leur viande, leurs fruits et leurs légumes, leurs céréales et leur farine. Du coup, ils ont leur propre restaurant où tu peux manger une crêpe ou une salade."

La jeune femme précisa aussi que cette communauté gérait carrément une des déchetteries de l'agglomération où passaient plusieurs centaines de voitures chaque jour ! Là, les membres récupéraient tout ce qui pouvait l'être, faisant de leur hangar une sorte de supermarché de l'occasion. Écrans d'ordinateurs révisés, appareils photos, appareils paramédicaux, meubles retapés, matelas gonflables, etc. Quasiment rien ne manquait. Pour alimenter leur ferme, les déchets verts étaient transformés en compost étalé ensuite dans les champs. Les engins agricoles et l'outillage venaient aussi directement de la déchetterie. "C'était vraiment hallucinant", ponctuait-elle entre chaque description, manifestement exaltée par sa découverte et voyant que Magali, Bertrand et les trois colocataires ne la quittaient pas des yeux. Elle évoqua ensuite le profil des cas sociaux qui, parfois, arrivaient là tendus et agressifs, avec la rage contenue de ceux qui ont subi, des années durant, les crocs-en-jambe et les humiliations réservés aux précaires. Les compagnons étaient de toutes les mobilisations et organisaient au bord de l'autoroute d'immenses événements où se retrouvaient les luttes syndicales autant que les combats écologiques, à coups de concerts, de conférences et de manifestations.

Étienne avait fermé la fenêtre. Assis en tailleur dans un énorme fauteuil de bureau, dont chaque bourrelet du dossier portait une des sept couleurs de l'arc-en-ciel, il guettait à présent une pause dans le flot de parole, mais la jeune femme dont l'assiette refroidissait enchaîna sans transition sur l'étape suivante de son voyage qui l'excitait beaucoup. "Un truc de dingue !" commença-t-elle, avec dans les yeux un feu d'artifice. Pourtant, le lieu semblait complètement décalé, sans rapport avec les communautés écolos dont on parlait habituellement. Aux antipodes de la mobilisation permanente et tonitruante qui occupait le bord de l'A64, certaines communautés s'illustraient par leur discrétion quasi secrète, leur silence. L'une d'entre elles, nichée dans la campagne gardoise derrière de hauts murs de pierres sèches était néanmoins connue au sein du monde alternatif, pour le haut niveau de simplicité, d'épure, de discipline et de dépouillement qu'elle avait atteint. Il s'agissait d'un monastère orthodoxe. "Bien sûr, leur truc, c'est d'abord la religion, se justifia Cristelle, d'emblée. N'empêche que cette communauté a les mêmes enjeux d'autonomie que n'importe quel écolieu. C'est justement ce qui m'a attirée : découvrir les rouages de ce groupe de femmes qui vit en autonomie. Le Bon Dieu, c'est pas ma tasse de thé", insista-t-elle comme pour prévenir les critiques. "Ça, c'est pas si sûr", pensa Waldo qui, dans les propos et les comportements de la jeune femme, sentait affleurer une éducation religieuse et un reste de foi qui ressurgissaient probablement sous forme de militantisme écolo.

Elle décrivit à toute allure le monastère que les sœurs avaient retapé elles-mêmes, la manière dont elles produisaient leur nourriture et le vin qu'elles vendaient. Puis elle ralentit au moment d'expliquer ce qui l'avait fascinée : leurs dépenses de vie basiques s'élevaient à 430 euros par personne et… par an ! "Avec cette somme, les sœurs achètent le peu d'alimentation qu'elles ne produisent pas, les rares vêtements dont elles ont besoin, le petit matériel électroménager, la vaisselle, l'électricité, le gaz, le téléphone, le chauffage et l'eau chaude. Bref, tout !" s'exclama Cristelle. Autre chose l'avait bluffée : les méthodes agroécologiques qu'elles utilisaient dans les champs attiraient les meilleurs agronomes, qui voyaient le monastère comme un modèle. "En fait, elles ont une sorte de génie de la sobriété, résuma la jeune baroudeuse. Quand on arrive de l'extérieur, ça se voit dans les détails de la vie quotidienne. Les vingt sœurs partagent cinq téléphones mobiles – dont un seul smartphone – et sept ordinateurs. Elles ne possèdent que quatre voitures et n'ont pas de compte en banque personnel."

Elle avait aussi été marquée par le témoignage d'une des moniales. Cette dernière lui avait expliqué que, pour fabriquer leurs confitures, il manquait à la congrégation une chaudronnière – un énorme récipient en cuivre monté sur un axe pour verser le mélange brûlant. Comme l'instrument était hors de prix, elles avaient mené de longues recherches et avaient finalement trouvé leur propre technique. Elles avaient démonté une vieille bétonnière, remplacé la cuve basculante par un chaudron à gruyère fixé sur le châssis de l'engin de chantier. La machine fonctionnait à merveille ! Leurs trouvailles découlaient d'une détermination infaillible à toujours résister à l'empressement. À prendre le temps nécessaire pour trouver la solution qui, comme les bâtiments reconstruits pierre à pierre, traverserait les décennies, les siècles.

CARRÉ

Christelle réprima une grimace lorsque, enfin, elle goûta le contenu de son assiette à présent tout à fait froid, adressant un sourire forcé à Magali et Bertrand. Étienne profita du répit pour enfin lui expliquer que ces communautés autogérées, qu'ils connaissaient, étaient désormais toutes ou presque en lien les unes avec les autres, faisaient partie d'un même réseau qui ne cessait de grossir. Des centaines de collectifs s'échangeaient des conseils et des retours d'expérience, se soutenaient face à l'administration, se mobilisaient et se réunissaient régulièrement. Pourtant, en dépit de ce bouillonnement et de la multiplication de ces lieux de vie collectifs à travers la France, le mouvement passait sous les radars. "Les médias continuent de parler des écolieux avec cette espèce de discours folklorique et ce ton léger réservé en général à la rubrique tourisme, aux sujets sans conséquence. Comme pour passer sous silence le fait que c'est un enjeu sérieux et une vraie lame de fond", regretta Étienne.

À peine eut-il terminé que Cristelle, qui décidément ne mangeait pas, se lança dans un éloge des communautés portées par de fortes convictions, spirituelles ou militantes. "Elles racontent une histoire", répétait-elle en regardant tour à tour le couple silencieux et les trois colocataires qui, tous, commençaient à être agacés par son discours béat. "Bon, je suis pas non plus prête à entrer dans les ordres, hein !" gloussa-t-elle avant d'entamer une description d'un éco-hameau, "un peu moins planant, plus pragmatique et cartésien". Mais on comprit aussitôt qu'elle avait en réalité gardé pour la fin ce qu'elle estimait être le meilleur de son voyage. Cet écolieu, dont le nom – Naturêve – ressemblait au titre d'un dessin animé, correspondait en tout point à ses aspirations.

Le projet avait démarré lentement en 2007, porté simplement par un groupe de gens qui avaient décidé d'acheter ensemble un terrain de 8 000 mètres carrés. Plutôt que d'éparpiller des maisonnettes individuelles, ils avaient élevé de petits immeubles bas, plus économiques à construire, faciles à isoler et occupant une surface moindre qu'une myriade de maisons. Quitte à habiter proches les uns des autres, ils mutualisaient toutes sortes d'équipements : buanderie, atelier de bricolage, jardin potager, véhicule, salle des fêtes et de réunions. "Ils ont déjà construit douze logements qui sont habités par plus de quarante personnes, expliqua-t-elle. Quand ils auront fini, ils seront soixante habitants. *Soixante !* appuya-t-elle en plissant les yeux. Ils sont à fond sur l'autonomie énergétique et les économies d'eau", enchaîna Christelle sous le regard de Waldo qui songea qu'elle ne s'arrêterait jamais de parler. Elle détailla les toilettes sèches généralisées, les panneaux solaires pour l'eau chaude et l'approvisionnement en électricité, etc. "Un éco-hameau super abouti et sérieux", insista-t-elle. Waldo se demanda si cette yogi de service, qui parlait des écolieux comme si elle comparait des sites de villégiature ou flânait dans un centre commercial, le doigt sur la bouche, rangeait les Arc-en-ciel dans le rayon des "planants perchés" ou des "sérieux".

Christelle poursuivit sur sa lancée. On comprit bientôt que l'éco-hameau hébergeait de nombreuses personnes ayant réalisé des études supérieures (ingénieurs polytechniques, informaticiens, professeurs des écoles, enseignants, etc.). Ils avaient échafaudé un système juridique anti-spéculation immobilière qui permettait que le hameau ne tombe jamais sous la main d'un propriétaire : la coopérative n'appartiendrait qu'à elle-même. Chaque membre devait aussi apprendre les pratiques d'une méthode de gouvernance bienveillante, la sociocratie. "Ça permet de désamorcer les tensions inutiles et de mettre chacun en position de s'exprimer librement, récita Christelle. Et puis les décisions ne sont adoptées que lorsqu'elles ne rencontrent plus d'objection." Elle ajouta que le collectif avait aussi calculé l'ensemble des consommations, dépenses et autres économies. Au paroxysme de sa démonstration, Christelle expliqua que les occupants consommaient sept fois moins d'électricité que leurs voisins et que cette consommation était largement couverte par les panneaux. Les habitants utilisaient aussi trois fois moins d'eau que les autres. "Ils ont tellement de demandes pour leurs visites guidées qu'ils sont obligés de les grouper pour n'en faire qu'une par mois, sinon c'est le waï !" s'exclama-t-elle.

"Elle commence à me gonfler", s'impatienta Waldo avant de lui couper la parole. Amandine avait repéré depuis quelques minutes sa tête de grenade dégoupillée, cette moue qu'il affichait peu avant d'exploser. Elle se leva et fit quelques allers-retours à la cuisine, espérant être imitée. Son manège échoua.

ZAD : LA LUTTE

Était-ce la fatigue de cette fin de journée qui avait provoqué ce changement d'humeur à la fin du repas ? Ou le long monologue de Christelle qui, au bout d'une heure et demie, leur sembla envahissant ? D'autant qu'ils connaissaient ces lieux. Cette Miss Parfaite qui savait tout sur tout et qui se pavanait commençait à taper sur les nerfs de Waldo. "C'est bien, dit-il, ton histoire de tout prévoir et contrôler avec des procédures pour chaque situation, de faire des économies, tout ça. Mais bon, c'est aussi le meilleur moyen de créer des écovillages gentrifiés bien propres en ordre et sans impact sur le système. Et si l'un d'eux barre la route à la spéculation, le suivant entrera sans doute dans le moule des fonds d'investissements. Parce que les promoteurs et les banques, eux, voient déjà ces lieux comme des placements immobiliers juteux. Tu le sais, ça ? C'est un peu leur offre « Refuge » en période d'effondrement, ironisa-t-il face à Christelle dont le sourire s'était évanoui.

— Contrairement à toi, moi, je constate que, souvent, les communautés les plus efficaces contre le système capitaliste ne se construisent pas avec des tableaux Excel, embraya Magali dont le son de la voix fit l'effet d'une rafale de vent sur les têtes qui, parfaitement synchronisées, se tournèrent vers le coin de la pièce. À la ZAD de Notre-Dame-des-Landes, heureusement que les activistes n'ont pas consacré des heures à calculer le temps passé et le rapport bénéfice-risque de leurs actions. Sinon, ils auraient échoué et l'aéroport serait construit, le bocage recouvert de béton. En fait, ils ont fait l'inverse de l'anticipation sécurisée que tu décris : c'est au moment où la situation était la plus critique – quand les grenades pleuvaient – qu'ils ont entamé la construction des gros bâtiments qui leur ont permis de tenir. C'est un des meilleurs exemples de ce qu'un groupe peut faire pour retarder et atténuer la catastrophe en cours, poursuivit-elle face à Christelle qui hésitait entre se cacher sous la table et rétorquer. Ils se sont physiquement interposés entre les prédateurs bétonneurs, les grenades des CRS et l'écosystème menacé.

— Mais ça n'a rien à voir ! lâcha-t-elle.

— Ah bon, pourquoi ?

— Bah, la ZAD, c'est une lutte, pas un écolieu.

— Ah ouais ? Deux cents personnes qui squattent depuis des années des dizaines de maisons ou installent des hameaux de yourtes, de caravanes sur près de 1 000 hectares et cultivent leur bouffe eux-mêmes, c'est pas une communauté en quête d'autonomie, ça ? Sur place, ils produisent les légumes, les fruits, la farine, le fromage, le pain, le jus de pomme, les galettes de sarrasin, la bière et la viande, lista Magali en comptant sur ses doigts. On en vient, de la ZAD, ajouta-t-elle en se tournant vers Bertrand. Et le truc, c'est qu'ils vivent pas ensemble juste pour réduire leur petite facture d'électricité, planter des tomates cerises, méditer ou jouer au scrabble entre voisins, énonça-t-elle avec une moue sarcastique. Aujourd'hui, ils savent que s'ils quittent leur bocage, un autre grand projet inutile genre zone commerciale, autoroute ou centre de loisirs géant va pointer son nez. C'est ça, leur quotidien ! affirma Magali qui décida alors seulement de se calmer en voyant Christelle baisser la garde. En fait, la ZAD est probablement la plus grosse communauté alternative qui existe en Europe. D'ailleurs, des gens du monde entier viennent là se former pour mener leur propre lutte."

Comme Christelle avait à peu près capitulé, Bertrand sortit de son silence – avec un sourire destiné à compenser la véhémence de Magali – et en profita, pendant qu'Amandine et Étienne débarrassaient la table, pour décrire à quoi ressemblait une communauté d'une telle ampleur, par rapport aux écolieux de quelques hectares ou dizaines d'hectares. La ZAD disposait de son propre garage de mécanique automobile, d'un atelier pour la couture, d'une Cuma (Coopérative d'utilisation du matériel agricole) interne possédant notamment trois tracteurs, une moissonneuse-batteuse, une récolteuse à pommes de terre. De plus, un immense hangar-atelier équipé de machines permettait la découpe de charpentes et d'ossatures en bois et de débiter des troncs en planches. La zone était aussi dotée d'une bibliothèque, de lieux de concerts, de spectacles et de restauration, de rencontres et de conférences. "En fait, ils se préparent au *collapse*", risqua Christelle qui cherchait l'apaisement. En vain.

"Bah non, justement, repartit Magali. Bien sûr qu'ils sont conscients de l'état de la planète. Mais la ZAD, c'est une mobilisation : l'idée, c'est de se battre et de faire changer les choses, pas juste de se replier sur une forme d'autosuffisance. C'est une lutte paysanne et terrienne, au départ. Des citoyens locaux qui luttent au jour le jour pour protéger leur bocage. Pas des intellos en train de fantasmer sur la fin du monde ou le *collapse*, comme tu dis.

— Ah, OK, souffla Christelle.

— Je comprends que tu cherches une communauté où les choses soient carrées, concéda Magali pour détendre un peu l'atmosphère, avec dans le regard une lueur sincère de compassion pour son interlocutrice. Et bien sûr que même à la ZAD, pour vivre aussi nombreux sans trop s'écharper, ils ont des pratiques d'intelligence collective structurées, sérieuses et bien rodées. Ils sont ultraorganisés. Mais il faut aussi que tu prennes en compte des critères un peu plus profonds. Si l'idée, c'est de vivre dans un cocon écolo à l'abri du monde en se rendant des services, en fait, tu peux sûrement trouver ça dans un lotissement à la con. Essaie de regarder plus loin et de comprendre que c'est la vie sur Terre qui est menacée", termina-t-elle, soudain consciente de sa posture de donneuse de leçon en voyant que Christelle n'osait plus ouvrir la bouche. Alors seulement, elle lui adressa un long sourire, comme pour marquer la fin de partie et Waldo en profita pour lui proposer une bière. "Pas trop tôt", pensa-t-elle en saisissant son verre.

SYNCHRONICITÉ

À la suite de cette conversation, Waldo songea que la communauté autogérée la plus étendue et la plus ancienne qu'il eût jamais visitée était la réserve navajo de Cañoncito. Soudain, le visage de son chef, Leon Secatero, lui revint. Son décès, treize ans plus tôt, le 28 septembre 2008, avait été précédé d'un événement prémonitoire qui avait sidéré ses admirateurs. La scène s'était déroulée au Canada, à l'occasion d'une conférence que donnait le chef navajo dans un hôtel d'Ottawa, Ontario, sur l'invitation de la Coopérative autochtone du Canada. Le débit de parole de Leon Secatero s'était soudain ralenti et il s'exprima de plus en plus laborieusement, glissant dans une confusion ponctuée de trous de mémoire. Puis il perdit conscience et s'effondra, provoquant un moment de panique dans l'assistance, qui se précipita vers son corps inanimé.

Victime d'un accident vasculaire cérébral, il fut pris en charge par une ambulance et revint finalement à lui à l'hôpital. Il venait de vivre une expérience de mort imminente qui allait bouleverser ses derniers mois sur Terre. Cet aller-retour dans l'au-delà lui avait permis de retrouver les esprits de nombreux anciens et des hommes-médecines qu'il avait côtoyés tout au long de sa vie. “Ils étaient assis au sol en plusieurs cercles, comme couvés par un immense halo lumineux en forme de dôme, décrivit-il. Ils m’ont transmis un message : pour que la vie sur Terre se poursuive, nous devons prendre le pouvoir. La seule manière d’y parvenir consiste à se servir de la couleur, de la lumière, du chant, de la danse et de l’énergie positive. C’est ainsi”, conclut-il sobrement. Sur place à Ottawa, ses paroles restèrent énigmatiques pour certains. Étrangement, quelques heures plus tard, dans une synchronicité parfaite, au pied des Pyrénées, les Arc-en-ciel – pourtant restés sans nouvelles du chef depuis leur séjour en pays navajo – réalisèrent à la lettre la dernière prophétie de Leon Secatero : la Marche du vivant s’ébranla, pour 1 000 kilomètres de chants, de danses et de couleurs, mettant le cap sur les lieux et symboles du pouvoir.

D'ABORD, TOUT PERDRE

Quinze ans après, sur les Causses, Amandine, Étienne, Waldo et les autres sont aujourd'hui devenus ce que les élus, les fonctionnaires et autres notables appellent des "acteurs incontournables du territoire". Les mêmes constatent aussi la "maturité" du collectif. Le genre de "flatterie à deux balles" qui semble éluder leur histoire et les appeler à entrer dans le rang. "Même pas en rêve !" Faute de s'être assagi, le collectif s'est bonifié au fil de ces décennies partagées. Ils arborent toujours les couleurs qui ont marqué leurs années d'itinérance et de vie sauvage. Ce choix découlant d'une réflexion bien plus profonde que ne l'imaginent leurs partenaires institutionnels, toujours décontenancés par cet accoutrement. Ces sept couleurs les dotent d'une arme, l'autodérision, et expriment l'insoumission dans un univers où chacun respecte les codes vestimentaires et comportementaux propres à sa catégorie sociale, puis entre dans le moule des réseaux sociaux et du narcissisme de masse. Dans ce contexte, l'arc-en-ciel comme costume de marginalité reste l'expression brute de leur refus des injonctions lancées par le capitalisme. Il s'agit d'échapper à une société qui se prend au sérieux alors même qu'elle est égarée au milieu de son propre chaos planétaire. Cette espèce qui perçoit sa conscience comme l'attribut de son règne absolu sur le vivant ne se distingue-t-elle pas désormais plutôt par sa capacité de destruction ? Ne doit-elle pas admettre qu'elle n'est qu'une espèce parmi d'autres ?

Cette quête d'humilité que Leon Secatero a enseignée aux jeunes voyageurs, ce "pas en arrière de l'ego" est ce qui leur a donné la force de tout perdre d'abord, pour ensuite, libres de leurs mouvements, faire de leur vie un combat d'intérêt général. Cela sans réel espoir sur l'issue globale de cette lutte, mais simplement parce qu'il le faut, ici et maintenant, pour retrouver notre humanité.

ÉPILOGUE

Au début du mois de juin 2019, j'allai à la clinique psychiatrique du Dauphiné, sur les hauteurs de Grenoble, pour rendre visite à mon compagnon de cordée et meilleur ami, Gilles. Depuis une quinzaine d'années, nous partions régulièrement, tous les deux ou avec le reste de notre bande, pour des ascensions en ski de randonnée, en alpinisme, en escalade ou à vélo.

La montagne bouleverse le rapport aux autres, à la nature, au confort. On se sent tout petit au pied des géants. Tout est plus intense : le froid, l'éclat des étoiles, la présence du vide et, bien sûr, les rapports humains et l'entraide. C'était ce que Gilles venait chercher en altitude. Une déconnexion sur un sentier où rien ne peut perturber une conversation. En cet après-midi de fin d'été, en bavardant, nous quittions Villard-d'Arène pour rejoindre le bivouac où dormir avant l'ascension de la Meije orientale le lendemain. Notre petit groupe avait traversé le torrent, avant de s'élever au-dessus de la vallée. Plutôt que nous arrêter au refuge de l'Aigle, nous avions installé notre bivouac sur une dalle rocheuse ; un empilement de pierres auquel s'adosser nous abritait de l'air déjà frais coulant du glacier. Les pieds au fond des duvets, bonnets vissés sur la tête, la conversation roulait, les visages disparaissant progressivement dans l'obscurité.

Pour Gilles comme pour nous tous, cette quête de sauvagerie répondait autant à une fascination pour le monde d'en haut qu'au besoin de fuir celui d'en bas. Force de la nature capable d'enchaîner les journées d'importants dénivelés, Gilles était un mélange insolite de robustesse, de discrétion et d'hypersensibilité. En proie à une phobie numérique, il ne comprenait pas que l'on puisse capter puis exploiter ses données personnelles, pister sa navigation sur internet, suivre ses déplacements ou encercler son immeuble avec des barrières à code digital. Mais il était plus oppressé encore par le galop de l'hyperconsommation ambiante, la progression du réchauffement climatique, la pollution de l'air dans la banlieue grenobloise où il vivait et l'accélération de tout. À l'image de ces animaux fuyant la forêt longtemps avant un séisme ou une catastrophe, il semblait percevoir et ressentir les menaces planant sur la société. De cette nasse saturée de particules fines et de slogans publicitaires, il avait donc décidé de s'échapper par le haut et, en s'élevant, il se métamorphosait. À l'approche du sommet – à l'heure où se dessine le masque de l'effort – je me prenais parfois à observer un demi-sourire sur son visage détendu, aussi serein et heureux que si ses angoisses n'avaient jamais existé. Mais à son retour en bas, ses démons l'attendaient.

Cette détresse particulière, née d'une conscience aiguë de l'état de la planète, est désormais si répandue qu'elle porte un nom – la solastalgie – et fait l'objet de nombreux travaux de recherche. Elle est notamment décrite par le philosophe Baptiste Morizot comme un “mal du pays sans exil” : le cadre de vie est soumis à de tels bouleversements qu'on ne le reconnaît plus. Le sujet perd son refuge, son habitat. Dans le cas de Gilles, cette anxiété était entrelacée dans l'écheveau complexe de son histoire et de sa dépression.

“Bienvenue chez les fous”, me lança-t-il, alors que la porte automatique de la clinique psychiatrique où je venais lui rendre visite se referma. Avant d'arriver là, Gilles avait d'abord été cloué chez lui plusieurs mois par une mauvaise blessure. Un temps suffisant pour que ses idées noires le rattrapent et l'acculent. Un moment après mon arrivée, nous discutions dans le jardin de cet établissement qui, installé sur les contreforts du Vercors, dominait l'agglomération grenobloise au-delà de laquelle on apercevait les massifs alentour, de Belledonne jusqu'à la Haute-Savoie. Vues d'ici, curieusement, ces montagnes semblaient ne pas être celles que nous avions gravies ensemble, un monde que Gilles avait déjà mentalement quitté. Ce jour-là, je me souviens de son teint gris et de son regard perdu, posé sur la pieuvre de béton visible à nos pieds, ses tentacules de voitures et le magma de gaz carbonique d'où s'élevait le bourdonnement de la rocade. Peut-être quelque part sur le corps de la bête devinait-il le quartier et l'immeuble où il vivait sobrement dcpuis des années. “Je ne veux pas y retourner”, murmura-t-il.

Un an après la disparition de Gilles, je reçus la commande d'une série de reportages et d'une enquête au long cours portant sur plusieurs communautés autogérées. Cette mission fut un voyage aussi salvateur que fascinant. Au gré de l'enquête, j'arpentais chacun des îlots de cet archipel, mais je fus retenu sur l'un d'entre eux par une découverte : l'épopée d'une bande de géniaux marginaux happés depuis vingt ans par leur quête d'alternatives écologiques et sociales pertinentes, à la hauteur de la situation. La trame de ce livre est bien réelle, qu'il s'agisse de leur épopée à travers l'Europe, les États-Unis, le Mexique et le Guatemala, puis sur la Méridienne verte, des années au fond des bois sans revenus ni RSA, de la vie en couleur, de l'hélicoptère de l'armée, puis de la foule sur le causse ou encore de l'usine et des dizaines de tonnes de déchets recyclés (150 tonnes par an actuellement). Certaines scènes ont été transformées et d'autres inventées, ajoutées, comme le récit d'Amar au col, le réveil des Arc-en-ciel dans l'usine (où, en réalité, personne ne dormait) et d'autres encore. Les noms et les lieux ont eux aussi été modifiés. Cependant, l'altruisme, le courage, la détermination et la créativité hors normes de cette communauté n'ont subi aucune exagération et appartiennent bel et bien à la réalité de ceux qui ont inspiré ce roman.

Puissent les écolieux, les oasis, les collectifs, les ZAD se déployer partout et construire une alternative au chaos. Si possible en sept couleurs.

REMERCIEMENTS

Comment célébrer ceux qui souhaitent garder l'anonymat ? Ceux qui ont inspiré les personnages d'Amandine, de Waldo, d'Étienne, de Ségolène, Corinne et les autres ? Je les remercie chaleureusement de m'avoir laissé sculpter l'histoire de leurs vingt années d'aventure. Si nous avions tous adopté leur mode de vie, le réchauffement climatique, l'effondrement de la biodiversité et le creusement des inégalités appartiendraient sans doute à un scénario dystopique plutôt qu'à la réalité.

Je suis aussi très reconnaissant aux autres communautés (Écoravie, le monastère de Solan, la ZAD de Notre-Dame-des-Landes et d'autres encore) qui ont pris le temps de m'accueillir. Si différents en apparence, ces collectifs ont pour point commun d'apporter une réponse à la hauteur des enjeux climatiques et sociaux, toujours fondée sur un socle de sobriété, d'entraide, de coopération, de mutualisation et de résistance.

Ce livre n'aurait pas vu le jour sans Vincent Tardieu, qui m'a mis sur la piste de cette histoire. Je ne suis pas près d'oublier le travail que nous avons mené ensemble. Tous ceux qui ont cru au développement des écolieux à une époque où ils étaient perçus comme une lubie hippie doivent aussi être remerciés. En particulier le mouvement Colibris, la coopérative Oasis (qui coanime une cartographie de plus de mille deux cents lieux en France et accompagne la création de centaines de projets), notamment Mathieu Labonne et Gabrielle Paoli.

Ce texte doit aussi beaucoup à l'accompagnement précieux de mon éditrice, Éva Chanet.

Depuis deux ans, ma famille, mes camarades et les copains du Trièves écoutent patiemment le récit enfiévré de cette épopée. Merci !

TABLE

DANS LA MÊME COLLECTION
HORS-SÉRIES ROMANS DOMAINE DU POSSIBLE :

LE MAIRE QUI AIMAIT LES ARBRES, Jean Chalendas, 2017.
MONTÉE DES EAUX, Pierre Lieutaghi, 2023.

OUVRAGE RÉALISÉ
PAR L'ATELIER GRAPHIQUE ACTES SUD
ACHEVÉ D'IMPRIMER
SUR ROTO-PAGE
EN AOÛT 2023
PAR L'IMPRIMERIE FLOCH
À MAYENNE
POUR LE COMPTE
DES ÉDITIONS ACTES SUD
LE MÉJAN
PLACE NINA-BERBEROVA,
13200 ARLES.

DÉPÔT LÉGAL
1re ÉDITION : OCTOBRE 2023
N° impr. : 103040
(Imprimé en France)